一九九六～二〇〇五

陳長慶作品集

小說卷（三）

【陳長慶作品集】

小說卷・三（午夜吹笛人）

目次

寫在前面／5
第一章／15
第二章／23
第三章／29
第四章／37
第五章／43
第六章／47
第七章／55
第八章／61
第九章／67
第十章／75
第十一章／79
第十二章／89
第十三章／97
第十四章／105
第十五章／111
第十六章／119
第十七章／125

第十八章／133
第十九章／139
第二十章／145
第二十一章／153
第二十二章／161
第二十三章／167
第二十四章／173
第二十五章／179
第二十六章／187
第二十七章／195
第二十八章／207
第二十九章／215
第三十章／223
尾聲／229

寫在前面

連續幾天了，在夜深人靜、午夜夢迴時刻，我都會被一陣陣幽揚而略帶悲悽的笛聲吵醒。

長時間的思索，俗務的纏身，遂使我的腦細胞部份失去了功能，久而成了難癒的腦神經衰弱。鎮定的藥物，控制不住夜鶯的哀嚎、野貓的叫春；而屋外那聲聲笛音更讓我輾轉難眠。我曾經想起身看個究竟，卻因門外細雨霏霏而作罷。我企圖從窗外尋找笛音的源頭，卻被朦朧的霧氛所阻擋。

這白茫茫的雨夜，始終是淒涼難忍，我也聽不出那悲傷的笛音是什麼曲調。急欲解謎的還是——午夜吹笛人。

如果是一位正常人，絕對不會選擇在這夜霧茫茫的深夜，在這個空曠的廣場上，吹奏這款淒美的小調；或許只有浪漫的詩人和藝術家，以及在感情上遭受打擊和失意的人，才有如此的情懷。若非腦神經衰弱，讓我夜夜難眠，此刻，必也是躺在眠床上，尋找人生美麗的新世界……

笛聲時起時落，我的精神猶如沈睡過後那麼地飽滿，腦海裡顯現出一個個淒美動人的故事。我在木棉樹下的鐵椅旁，找到了——午夜吹笛人。

他披頭散髮，滿臉鬍鬚，一件老舊的夾克，破損的牛仔褲，僵立著身軀，緊握住邦笛，斜依在木棉的主幹上，目視著霧濃燈暗的前方，臉上晶瑩的液體，不知是霧氛還是水珠。

這條木棉道是我經常休憩漫步的地方。木棉開花時，我曾經在這兒品賞；木棉葉落時，我曾經一片片地撿拾疊放著，雖然有些已捲曲，有些已破損，但我一直欣賞它們那份殘缺不全的美感。今兒群樹被茫茫的霧氛所籠罩，地面也是濕淥淥的一片片。木棉開花時節已過，翠綠的葉片並非是靈感的泉源。我此刻面對的彷彿是一具僵屍，或者是霧夜裡的一個鬼魂，如果用「毛骨悚然」這句成語來描述我此時的心境，或許再恰當不過了。我深深的吸了一口氣，冰冷的手腳與霧夜裡的寒意無關。一向標榜不信鬼神的我，此時卻懼怕於鬼神，這是不合邏輯的想法。

木棉樹上的水滴在我臉上幻化成一片冰涼。如果我面對的是人，他卻比鬼還可怕。是否要以他的冷漠來融化這片霧氛，還是在他內心裡隱藏一個不欲人知的故事？雖然我找到了笛音的源頭，也尋覓到這位古怪的吹笛人，但卻在人和鬼之間，讓我無法分辨。我在鐵椅上坐下，腦裡陷入一個荒謬的思維，我期待那哀怨淒美的笛音再次響起。然而，我的期望很快變成了失望；他啟步走動，走向木棉道上的南端。在暗淡的街燈下，只見一個傴僂的身影在晃動。逐漸地，濃霧已遮掩住他的身影。我已失去了破解謎團的先機，就讓謎團在我心裡滋長，也讓時光繼續走遠。然而，我卻一直想念著——午夜吹笛人。

今年五月，「金門縣寫作協會」「讀書會」以我的作品《失去的春天》為主題，在縣立文化中心舉行研讀討論會，金門日報記者陳榮昌先生、金門晚報記者陳延宗先生都在隔日的報刊做了詳細的報導；甚至把我這頭關在欄裡喘渡餘生的老牛照片也一起刊登。我並不冀望這本書能為我帶來什麼，但作品受到肯定，卻是作者最大的榮耀！

一個落雨的夜晚，我正準備收攤打烊，驀然驚見一位陌生客佇立在我的書報攤前。他竟然是那位怪模怪樣的——午夜吹笛人。

此時，街燈已暗，大地在雨夜裡沈睡。這位陌生客的出現，更讓冷寂的街道，平添幾許荒涼；因為我曾經懷疑他不是人，而是鬼。當然，在科技昌盛的今天，我的想法近乎幼稚；雖然有許多的靈異事件，讓我們半信半疑，心生膽怯，但實際上只是傳聞，我們並沒有真正遇見過、經歷過。

我並沒有刻意地和他打招呼，雖然期盼著再次聆聽他的笛聲，也想從他這副模樣裡尋找一些有利於我創作的靈感。然而，正當我陷入沈思時，他突然地遞給我一張紙條和三張百元鈔票。我會意到他要買《失去的春天》這本書，我訝異又驚喜，內心的悸動難以表明。如果他真是鬼，比是人還讓我高興。我的理由絕不牽強，因為我的作品也流傳到陰曹地府，怎不讓我雀躍萬分？

他接過我遞給他的書和找的零錢，並沒有立即走離，反而攤開扉頁，取了筆，要我在書上簽個名。這是讀者和作者間最常見的互動，我不加思索地疾筆寫下：

願你生命中的春天，永遠光輝燦爛！

「謝謝你！」他終於啟開了金口，聲音低沈地說：「春天已從我內心裡走遠，我面對的是酷寒冰冷的冬天。」

這句華麗悅耳的辭句，如果沒有文學素養，想必難以用言辭來表達。然而，我並不想揣測他是音樂家、作家，或許是揮舞著彩筆的藝術家，在我的思維裡，他的影像一直是一位——午夜吹笛人。

曾經在那個夜霧茫茫的午夜，聆聽他的笛聲，當他遠離後，我卻渴望和他再相逢，再一次地傾聽他淒美的笛聲。而此刻見面時卻是無言的相對，似乎有處之泰然之感；以往的希冀和渴望，彷彿已是過去的雲煙，來也匆匆，去也匆匆。

人生的際遇，友情的建立，有時也不得不歸功於造物者，他經常地在夜晚光顧我經營的小書攤。在沒有深刻地相互瞭解下，我們談論的層面很薄弱，更不能輕率地觸及他淒美哀怨的午夜笛聲，也不可能談論我的作品；彼此心裡所隱藏的，想必比傾訴的還多。而何時何日我們才能敞開心胸，盡情地暢談。

或許我的作品他已讀完，他的笛音餘韻猶在我耳際繚繞。我始終相信，古今中外有許多動人的故事，是從人的身上揭發出來的。尤其凡人認為是怪人的身上特別多，所揭發出來的往往又是精品。可是，我能親自揭開他心靈深處神秘的面紗嗎？那是不可能的，悅耳的笛聲，是我無意中聽到的，無知的孩子始能強迫父母說故事。我腦中所思所想，距離現實環境倍感遙遠，一切必須回歸於自然，讓自然來引導一切……。

連日來受到梅雨季節的影響，時而大雨、時而小雨，日日夜夜不停地落著。室內室外陰沉潮濕，雨聲水聲響個不停。用門可羅雀來形容我這個小小書報攤的生意，或許再恰當不過。然而，我內心卻相當坦然，始終沒有忘記經營這個書報攤的原意，除了養家活口外，最終的目的是為了讀書閱報，想從其中汲取更多的知識，來彌補自幼失學的缺憾。

我搬來一張塑膠靠背椅，倒了一杯高粱酒，放在低矮的書架上，翹起難得停歇的腿，啜了一口酒，含在嘴裡，久久捨不得把它吞下，只想品嚐它的醇香和獨特的風味，並非想喝它個醉茫茫。偶而地閉上眼，想一想，想起從前，想到現在，或許這是我此生最感愜意的時刻。但這個快樂的時刻並沒有維持多久，朋友來了，他一舉一動，內形外表，似乎有異於常人的細胞與氣質，是俗稱的「猶耶」，還是醫學上所謂的「精神病患」。然我此時必須排除這些負面的聯想，只感到我們隨著時序的運轉，已建立了一份超俗的友誼，但我卻有些疑惑，雖然年紀相當，是否能有所交集？任誰也不敢貿然地下定論。

我遞給他一杯酒，他不是細品，而是飲下一大口。他沒有皺眉，也沒有痛苦的表情，像口含甘泉般地那麼舒爽、那麼過癮。我並不能就此論定他是酒國英雄，或是有千杯不醉的海量。

「老哥，」他在我身旁一疊待退的舊報紙上坐下，「或許，我們有相同的嗜好和興趣，但做生意的地方，似乎不適合我們飲酒暢談。」

「你的意思是另外找個地方暢談豪飲？」我仰起頭，看看他說。

他點點頭。點出一臉的冷酷和落寞。

如果真能讓他酒後吐真言，或許，我今晚的收穫比守在這雨夜裡的書報攤還豐碩。如果能激發他深藏不易輕露的潛能和意識，再次聆聽他的笛聲，我內心裡將衍生出一份難以言喻的喜悅。

於是，我撐著一支黑色的大傘，自己清楚只是雨中傘下的一個凡人，沒有藝術家的豪放，腦裡每一個神經系統都很正常，而是否認為走在雨中，仰頭狂笑的朋友不正常呢？我接觸過的是《人物刻劃基本論》，卻從未涉獵任何一家的「心理分析」。他的行為、舉止、言談是否異於常人？還是我這個凡人有不凡的思維和想法？

我毫無顧忌地由他引導，從木棉道上往南端走，經過一條蜿蜒的小溪，進入右側的羊腸小徑，在小溪的源頭，巨巖重疊的山坡下停住。這兒距離市區雖不遠，卻只有眼前這幢簡陋的小屋宇，在黑暗的雨夜裡顯現。然而，我並沒有看清它的結構體是用什麼材料砌成的。

他一腳踹開房門，發出一陣令人心悸的響聲，屋內凌亂不堪，氣味難聞，滿佈灰塵的桌旁，是一盞微弱的燈光。他把一堆髒亂的衣物往床上一扔，空出一張籐椅。

「老哥，請坐。」他把籐椅挪近我身邊，「委曲你了。」

「不，我喜歡這裡的清靜。」

「清靜？」他重複我的語辭，「屋外有墳墓，夜晚有鬼火，三更有笛聲，幾時能清靜？」他說著，順手拿起一件衣服，猛力地擦拭著髮上的雨水，而後順手一扔，高聲地說：「喝酒！」

我們似乎忘了來此的原委，即沒有豪飲，也沒有暢談。讓美好的時光在滴滴答答的雨聲中消失。突然間，他猛飲了好幾大口，喃喃地說了一些我聽不清楚的話，而後，激動地取下懸掛在牆上的笛子，用舌頭快速地舔著音孔，閉上雙眼，吹奏起讓屋外的鬼魂也感到淒涼的曲調。一遍遍、一遍遍，不停地重複吹奏著。欠缺音樂素養的我，的確賞不出他笛音裡蘊藏著什麼動人的故事，只感到有一股讓人難以忍受的悲傷氣息，在雨夜裡縈繞。

笛音停後，他已淚流滿臉。我們也平分了大半瓶高粱酒，彼此的言談不多，但如果再沈默不語，良機必然從夜雨中失去蹤影。我一直期盼著，等待著他酒後向我傾訴的真言，今夜是否會讓我失望呢？還是要等待明日雨停後，旭日東昇時？

終於他的情緒不再失控，淚流過後更加清醒。

「老哥，如果你不嫌棄，請把我們的相遇，記錄在你腦海的最深處。」

「不，還不夠。」我極端慎重地說：「我想記錄的何止是這些。」

「還有什麼好記錄的呢？」他不解地反問我。

「在《失去的春天》裡，我記錄著陳大哥；在這淒風苦雨、鬼火閃爍的夜晚，我想記錄的是你——午夜吹笛人！」

「我知道你的用心，我也曾試圖用自己的筆，為我坎坷的一生，不幸的遭遇留下一個永恆的回憶。然而，我失敗了。我敗在自己笨拙的筆下，在人生這個滿佈荊棘的舞臺上，我已失去了鬥志、失去了信心。寄生在這茫茫的人海裡，過著行屍走肉般的生活。酒，讓我遺忘現在；笛聲，讓我想起從前。朋友已走遠，親人互不往來。我與墓地為鄰，靠著救濟，過著與眾不同的日子。我無憾，更無所冀求。」

「你的無憾，或許是這個現實社會裡的憾事。但各人有各人的生活方式，不同的表述空間。人是因生而活，而非因活而生。今晚我們沒有因酒而醉，而是因這淒美的雨夜而歡欣。或許，兩顆有血性的心靈已因緣而交集，而互動。文學脫離不了人生，人生也會因文學而豐盈。今晚，我將用筆尖沾著血液和淚水，為苦難的時代和悲傷的靈魂做見證……」

他點點頭，告訴我——

我生長在一個悲傷的年代，不幸的家庭。

第一章

母親過世時，我七歲，弟弟四歲。

在繼母百般的凌虐下，「臭頭」、「爛耳」、「鼻涕雙管流」的弟弟，終於要送給鄰村的王家「做子」。兄弟即將別離，幼小的心靈並不懂得悲傷；唯一想到的是弟弟從此不必食臭酸的安脯糊，薄薄的耳朵不必像酸菜般地被扯被擰，臉頰浮現的不再是紅紅的掌印，開襠褲裡、雙腿間一塊塊的瘀青和疤痕也不再湧現。雖然我暗自慶幸弟弟將從此脫離苦海；然而，這些苦難，也將由大他三歲的哥哥全盤承受。

阿母帶著小我二歲的小妹來到我們家，是在阮阿娘往生「脫孝」後的第二個月的一個上午。

那天，日頭赤炎炎，天氣非常悶熱。富叔公牽著馬，停留在我家大門口的紅赤土埕，馱架的右邊坐著一位挽著髮髻、抹粉又點胭脂的查某人，左邊是一位梳著兩條小辮子的查某囝仔，以及　個大包袱。馱架的頂端用麻繩綁著一只老舊的大皮箱。阿爸要我搬兩張「椅條」，好讓她們墊腳下馬，也註定我此生要被她們現在懸空的雙腳所踐踏。

她們在富叔公及陸嬸婆攙扶下，相繼地下馬，馱架雖然搖晃了幾下，但並沒有失去平衡。那個抹粉點胭脂的查某，穿著一套白底紅花的對襟仔衫，黑色的萬里鞋，寬鬆的褲管離鞋面很高，更突顯出她上身比腿長的矮個兒。

「伊是汝新來的阿母。」陸嬸婆把我拉到她的面前，「以後著聽話。」

我仰起頭，看著一張用白粉和胭脂掩飾過的臉，以及一排暴露在唇外的金牙。這是一張難看的臉，阮阿母在世時的和藹可親，疼惜阮兄弟心肝命命，在這張充滿著陰沈、冷酷的臉上是找不到的。往後，我們兄弟不知是生活在這張陰暗的臉下，還是能獲得母愛的溫馨。

猛而地，她曲著中指，用凸出的關節，在我的頭上敲了好幾下。我輕撫著從未被敲擊過的頭，不得不忍下一陣陣的疼痛，不得不舉頭，再看一眼她那副猙獰的嘴臉。

「夭壽，」陸嬸婆看在眼裡，不悅地對她說，「囝仔頭殼軟擱薄，卡輕耶。」

「陸嬸仔，今仔日踏入伊厝的大門，無先予伊一點仔臉色看看，以後會爬上阮的頭殼頂。」她歪著頭，斜眼瞄著我的彷彿不是黑色的眼珠，而是那層白膜。

「伊這家口忠厚擱老實，」陸嬸婆低聲地說：「後母疼惜前人子，才會得到子兒心。」

阿爸走了出來，把大皮箱扛在肩上，生活的重擔，中年的喪偶，挺直的腰桿已不復見。自從阿娘往生後，木訥的阿爸更是沈默寡言，嘆息聲取代他欲表達的言辭和歡笑。然而，走在他身旁的這位婦人，是否能為這個家庭帶來歡樂，還是會成為他此生最大的牽絆？是否能成為他後半生的賢妻和孩子們的良母，還是一切均在未卜中？

中午，阿爸煮了「白米飯」、「荀片湯」、「蒜仔炒肉」，還煎了一盤「青鱗魚」。這頓豐盛的菜餚，是為了迎接一對將陪伴他共進午餐的母女，也同時感謝為他牽線的陸嬸婆。或許，這也是自阿娘往生後，阿爸所煮的最後午餐。往後，這位新的阿母，將會分擔阿爸的家務，也會陪阿爸共枕眠。但願阿爸的眉頭不再深鎖，歡笑能取代他的嘆息；肩頭的重擔能減輕，鬢邊的華髮不再滋生，額上不再有深深的溝渠。

雖然好久沒有吃過這麼豐盛的飯菜，但我們兄弟並沒有忘記阿娘在世時的教誨：

> 菜夾面前的，飯只能盛八分，輕咬慢嚼，手臂不能向外伸張。然而，新來的小女孩吃得少，阿母也吃不多，面對味鮮下飯的青鱗魚，平時難得吃到的蒜仔炒肉，我的胃口奇佳。

「庄跤囝仔，真飫鬼。」她盯著我，冷言冷語地，並沒有把陸嬸婆和阿爸看在眼裡。

我停下筷子，看到她那金牙縫裡塞滿著綠色的蒜苗和白色的飯渣，胃口已不如剛才。尚未嚥下的飯菜，依然在嘴裡慢慢地咀嚼，難以下嚥，卻也不能吐出。

「緊食！」

或許，她的尖聲是唯一讓我快速地吞下這口飯的理由。阮阿娘是和顏悅色地要我「慢慢食」，她是疾聲厲色地要我「緊食」。

我熟練地收拾碗筷，弟弟滿臉疑惑，驚魂未定地跟著我團團轉。失去了親娘教我們悲痛，新來的阿母是否能撫平我們心中的創傷？今天是她踏進我們家大門的第一天，也是阿爸生命中第二個春天的開始。然而，我們兄弟嚐的不知是甜頭，還是苦頭？是否能在她的慈暉下成長？想著，想著，不停地思索著，淚水霎時哽咽住喉嚨，我拉起弟弟的手，想起阮的阿娘，想起她消瘦的臉龐，皮包骨的身軀，想起她用微弱的氣息，一句句地叮嚀：「著乖，著乖」；一聲聲地唸著「可憐子，可憐子」，然後是喃喃地唸著：「我毋甘願，我毋甘願。」然而，死神還是不肯放過她。當她由大房的眠床移到「廳邊」的「水床」上時，阮兄弟的哭聲並不能喚回西歸的阿娘。

「無娘的囝仔真可憐。」

每當聽到這句話，阮阿娘微閉的眼神，蓬亂的髮絲，微黃的肌膚，總會與我雙垂的淚水同時出現。

阮阿娘是「破病」死去的。這是阿爸說的。但我們始終不明白，也不知道是什麼病奪走阮阿娘的「壽命」。阿爸請人來給阿娘「抓沙」，也用陶壺熬了好幾帖草藥，一碗一碗，一匙一匙灌進阿娘的嘴內；但絲毫沒有減輕她的病痛，經常在三更半暝，耳內總會傳來一陣陣痛苦難忍的呻吟聲。而呻吟過後是微弱的嘆息和自責：「歹命，我若會彼歹命，是前世的業障，抑是前世人欠的債，予我受病痛的折磨，生比死卡甘苦。天呀，生比死卡甘苦！」

阮阿爸是一個忠厚「條直」的「做穡人」，似乎從沒有聽過他用什麼語言來安慰病中的阿娘，任由她痛苦、呻吟、自責，除了熬藥、餵食外，不管阿娘口中有多少句「歹命」，阿爸依然要上山耕作，忙於農事和家事。

阿娘在服過一帖新抓的草藥後，突然間又嘔了出來，黑色的液體由嘴裡不停地湧出，而後是鮮血，繼而是棗紅的血塊。阿爸慌忙地扶起阿娘，輕輕地拍打她的背部，阿娘左手撐著床，右手按著胸口，垂下的頭是一團散亂的髮絲，看不見她有任何痛苦的表情。漸漸地，她停止了嘔吐，微微地仰起頭，用手抹去唇角的血漬。

「順仔，」她喚著阿爸的名字，「我親像好啦，腹內也輕鬆真最，膾死啦，我真歡喜，會佮尪子湊陣過一世人。」她突然拉起我的手，緊緊地按在她的胸口上，「憨子，阿娘膾死啦，汝歡喜嘸？好好照顧小弟，我膾死啦，我膾死啦，我真歡喜，我真歡喜！」

阿娘的淚水已盈滿了她深凹的眼眶，而後像決堤的河水，在臉上的每一條溝渠奔流著。

她的血嘔完了。

她的淚流乾了。

她不再自怨自嘆是歹命人。

生命是一個渺小的東西，怎麼來，就怎麼去；從什麼地方來，就必須回歸到那裡。阮阿娘也由這張古老的眠床，移到大廳的「水床」上。她不清楚也不明白躺在這張五塊木板合併的水床上，等待的是什麼？是與尪子的永不分離？還是一堆黃土將覆身……

陸嬸婆吃完飯，阿爸用一張褪色的紅紙，包了十二塊做為媒人錢，雖然她很客氣地不收，但畢竟是專業的媒婆，美其名是做好「事志」，實際上是加減「趁吃」。她把紅包緊緊地捏在手裡，又低聲地告訴阿爸說：「順仔，汝知影，做媒人是無包生子，好歹汝著認命。玉仔頭一日入恁厝的大門，看起來赤爬爬，其實伊人𣍐歹，只不過是沆沆囝仔，汝千萬毋通怪伊，伊帶過來的查某囝仔，汝也著疼惜。」

「陸嬸仔，我順仔這世人非常感謝汝替我找這個伴，厝內有人洗衫煮糜，囝仔有人管教，上山回來有糜食，衫褲破了有人補，我真滿足啦！」阿爸喜悅的形色，並沒有被新來的阿母那些不友善的言辭和舉止所淹沒。

是的，自從阿娘過世後，阿爸雙肩的重擔、內心裡的寂寞，不是一個七歲和四歲的孩子所能理解的。雖然我上了小學一年級，也能背誦：

來來來，來上學

去去去，去遊戲

的課文。一旦受到委曲是以哭來博取同情，以淚水來想念阿娘在世時對我們的呵護。

放學後，耙草檢柴、洗碗筷、帶弟弟、牽牛摘野菜，這是我唯一能替阿爸分勞的地方，其他，我又能做什麼——一個自幼在爹娘溫馨懷抱裡成長的孩子……

第二章

經常地，阿爸都是起得比太陽還早。今天不知是否太疲倦而睡過了頭，還是那張古老的眠床多了個女人，讓他睡得又香又甜。

自從阿娘往生後，阿爸起床後，第一件事就是先煮好早餐吃的「安脯糊」或是「安簽糜」，然後叫醒我，到山上放牛，順便摘些餵豬的野菜，回來後吃飯上學，這些事情彷彿已成了我一年來不變的課業。或許往後的日子，新來的阿母會起來煮飯，阿爸也會牽牛上山吃草，我只要專心讀書，放學後照顧弟弟就行了。

弟弟似乎也很識相，從不高聲吵鬧，也不會「烏肚番」。阿爸上山，我上學時，他都自行玩耍，有時在鄰近的阿祖家，有時在隔壁的嬸婆處。村裡的嬸姆也都知道我們兄弟是無娘的囝仔，而給予我們更多的憐愛和關懷。吃過阿祖的「粿乾」，吃過姆婆的「紅粿」，吃過二嬸的剩餘飯菜；她們除了施予我們食物，也會輕撫我們的頭說聲：

「可憐哦，這呢細漢，就無娘。」

每每，弟弟會抱緊我的腰，兄弟倆紅著眼眶，同時想起死去的阿娘。

日頭已爬到「番仔樓」的厝頂，阿爸的房門依然緊閉著。我輕輕地敲著門板，低聲地喚著：

「阿爸，阿爸！」

我聽到一陣急促的腳步聲，開門的是阿母，她猛力地打了我一巴掌，氣憤地罵著：

「猴死囝仔，汝咧哭飫是毋是，予恁阿爸加睏一會，𣍐死啦！」

我的雙眼冒出了一條條長長的金光，耳朵和臉頰是熱烘烘的一陣陣。我撫著滾燙的臉，快速地跑到大門外，我害怕再來的一巴掌，會打落我的牙齒，然而，她並沒有放過我，拿著掃把追了出來，用掃把柄猛力地抽打我的腿。

「跑、跑、跑，汝欲跑去叨位死，今仔日恁祖嬷就用掃帚頭打予汝死！打予汝死！」

我忍受不住雙腿的疼痛，不停地跺著，跳著，哭著；不停地哭著，跳著，跺著。

「莫打啦，莫打啦。」阿爸一把把我拉開，我緊抱住他的大腿，在這緊要關頭，他是我唯一的依靠。我滿懷委曲地放聲大哭，我要哭亂阿爸的心，我要阿爸把這個女人趕走！然而，這是不可能的。她已正式地成為我們家的一員，還有那位伶俐的小妹妹。是由陸𡢃婆做的媒，也是阿爸請人用馬把她們馱入我們家大門的，她們將在這個沒有女主人的家定居下來，她也正式取代了女主人的位置。生我的叫阿娘，打我的也必須叫她阿母。或許我和弟弟不是她親生的，當然，母子親情對她來說，是遙遠了些，這也是她看不順眼的地方，所以挨打，所以挨罵！

「緊去洗面，」阿爸輕推著我說，「通去學堂。」

「查甫囝仔讀啥物冊？」阿母指著我說：「阮老爸無讀冊，照樣犁田打股，種芋撖安藷，飼大飼細，有剩擱有通賣。我看，莫讀啦！」

「好歹小學讀畢業，大漢才膾做青暝牛。」阿爸摸摸我的頭說。

「話先講佇頭前，我李仔玉入恁厝人門，就是要吃汝、穿汝、住汝、用汝，膾跟你上山落海做一個歹命人！」阿母高聲地對阿爸說。

「膾啦、膾啦，膾予汝甘苦啦！」阿爸柔聲地安慰她說。

我悄悄地回到房裡，看看與我同睡在「櫸頭」，而此刻仍然熟睡中的弟弟。他是比我幸運的，我已飽受一頓「竹甲魚」，以及打過會「起猾」的「掃帚頭」。他卻那麼安祥，睡姿又那麼美好地睡在用「椅條」和木板併成的眠床上。他是否知道，是否明白我們家來了一位會打人、會罵人的阿母。阿弟，我們時時刻刻都必須小心，不能惹事，更不能生非。阿爸有了新阿母，可以早睡晚起，往後或許會把阿母、阿妹攏中間，把我們兄弟放一邊。如果我們的阿娘沒死，不知該有多好，該有多好……

我背起阿娘親手用「兵仔褲」為我改縫成的書包。裡面是二年級的國語和算術課本，以及一枝短短的鉛筆，幾張薄而粗糙的紙。忍受著滴沽滴沽的肚子，因為阿爸睡過頭了，沒有人煮飯，況且我已吃了阿母賞的竹甲魚，紅紅的一條條滿佈著我的大小腿，還有瘦弱而翹不起來的屁股，更是熱烘烘的。

她才進我們家門幾天，已展現出一個強勢的後母姿態。她講的話，阿爸除了點頭默許，似乎也不敢頂撞和說不。厝邊頭尾，叔伯嬸姆對於陸嬸婆為阿爸媒介的這門親事，也都怨聲連連，怪陸嬸婆不顧我們的死活，只知道賺取媒人錢。夭壽，膾好，死要錢！然而，我的不幸，年幼無知的弟弟，也不能倖免。他打破了一只碗，除了被「安脯糊」燙傷了大腿內側，破皮紅腫外，阿母又用籐條抽打他，用手擰他，白嫩的皮膚，多處「烏青瘀血」，他不停地哭著，哭得愈大聲，阿母打得愈重，擰得愈緊。弟弟的嗓門已啞，淚已流乾，我抱著他，輕輕拍著他的背部，他伏在我的肩上，不停地喊痛，不停地喊著：

阿兄，阿兄，我會痛死！

阿兄，阿兄，我會痛死！

弟弟的喊痛聲，哭泣聲，彷彿是一根尖銳的長針，猛力地戳著我的肉體，而後貫穿心靈。

我抱著他，由「深井」走向大門外，坐在門口埕一個小小的「石珠」上，兄弟緊抱著，歷經好久好久，流下很多很多沒有哭聲的眼淚。巧而三叔公從我們身旁走過，看見伏在我肩上的弟弟，驚魂未定地抽搐著。我掀開弟弟的衣服，指著傷處，含淚地告訴三叔公說：

「阿母打的，阿母擰的。」

三叔公低下身，仔細地看著弟弟身上的瘀青和紅腫處，極端生氣地罵著：

「婊子猫，臭查某，這呢惡毒！」

村裡多位親堂嬸姆也都圍了過來，「夭壽」、「無命」、「尻頭」、「填海」，所有能咒罵的語辭全都出籠。二嬸拿來草藥水，輕輕地為弟弟抹擦著受傷處。

「順仔真無三湖路用，」三叔公竟罵起了阿爸，「予彼個臭查某共四歲囝仔打規身軀傷。」

「怪來怪去，攏怪陸嬸仔，做這個啥物死媒人，」二姆仔氣憤地說：「苦毒四歲囝仔，真夭壽獪好喔！」

「以後若擱發生這種事志，大家湊陣來去法院告伊。」尾叔仔咬牙切齒，「予這個猾查某去坐牢。」

當然，我不知道他們說的是什麼意思，但從他們個個生氣和憤怒的表情上，可能是要把歹死的阿母關起來，如此我們兄弟也就不會受到她的「苦毒」了。

為了弟弟的將來，以及免予再受到後母的苦毒，經過親堂叔伯嬸姆的參詳，決定把弟弟送給鄰村的王家「做子」，阿爸無意見，阿母真歡喜。

「減一人，減一人好；時機歹歹，飼豬比飼人卡贏。」阿母瞇著三角眼，冷冷地說。「豬飼大會賣錢，人肉鹹鹹，膾吃耶。」

弟弟提著一個小包袱，由做媒的春嬸仔連哄帶騙地離開這個家。他沒有傷心，也沒有不捨，更沒有寸步難行的離別情懷。而他是到了一個「詩禮傳家」、「父賢子孝」的家庭，還是又要一次受到非親生父母的凌虐和苦毒？我連想也不敢想。

雖然春嬸仔再三保證，親堂叔嬸也非常肯定，鄰村的王家沒有子嗣，絕對會善待弟弟、絕對會把他當成自己的孩子來養育。然而，骨肉相連的弟弟終究要分離，這是不能否認的事實。所有的原委，既成的事實，我們不得不歸罪於這個不幸的家庭。有人說：家是人生旅途的一個驛站。但自從阿母進門後，我們懼怕回到這個可供休息的地方。因為它已不再一個可愛的家，是一個沒有愛、沒有溫暖，充滿著暴力和血腥的家庭。阿爸的父愛已轉移到小妹的身上，以往對阿娘的一片深情，亦由阿母霸權所取代。弟弟走後，我已十足地成為這個家庭中的孤兒，沒有了一切，也沒有方向，更談不上有什麼抱負和理想……

第三章

阿母已把阮阿娘親手縫製的書包拆破、撕爛，把國語和算術課本放在灶裡燒了。我也提前從學堂畢業。從國語中我學會了寫自己的姓名，認識了一些粗淺的字句；從算術中，百位數字的加減，時有誤差，我的算術沒有國語好。失學也等於是畢業，心中有恨也有怨。我時常想起阮阿娘，偷偷地到大廳的神桌上，看看阿娘的神主牌，流一些眼淚，叫聲：我的心肝阿娘。

除了認識幾個字外，我也道道地地成為一個「青瞑牛」，阿母規定再三，要我早上起床，先去摘一籃餵豬的野菜，吃完早飯，再跟阿爸上山耕作，中午回家必須倒「尿」，倒「粗桶仔」，餵豬，餵雞鴨。我默默地承受，自己也深知在這個家庭，沒有說不的權利；同時阿母也提出警告，沒有做好，竹甲魚絕對吃不完。在山上，阿爸也經常無緣無故地賞我一巴掌，我不但是他們的出氣筒，也註定要「討皮痛」。然而，我並沒有怨天地之不公，只疼心阮阿娘的早死，讓我變成一個「歹命子」。

農曆七月的日頭赤炎炎，簡直會熱死人，尚未上山，已是汗流浹背。我摘滿一籃野菜回家時，不見阿母煮好的早餐，因為吃過飯後，我還得趕上山幫阿爸拔草，「鋤田邊」，沒有吃飽，實在也沒有力氣。阿母見我掀鍋掀蓋四處找尋終於出了聲：

「死囝仔，汝掀東掀西，咧掀啥物死人！」

「阿母……」我還沒有說完。

「免叫，免叫，早起煮的安脯糊，吃剩的已經倒予豬食啦，汝若腹肚飫，灶頭頂有昨日食剩的安簽糜，緊去食。」

我走進「灶跤」，端出昨天吃剩的安簽糜，掀開蓋子，隨即湧出一股酸味，仔細一看，「安簽湯」已冒出一些白色泡沫，而且還浮起一隻死「蟑螂」，阿母卻要我當早餐吃下肚。

她好心地為我盛上一碗，並用安簽覆蓋著蟑螂，露出兩條黑色的鬚鬚，隨風飄來陣陣的酸味……。

「緊食！」她大聲地說。

「阿母，安簽糜已經臭酸，袂食耶。」我懼怕地看著她，再看看碗裡兩條黑色隨風飄動的蟑螂鬚。站在桌旁，沒有坐下，也沒有動筷，目視著這碗臭酸的安簽糜，以及一陣陣隨風飄來的臭酸味，我的心頭也有一股濃濃的酸味。

「緊食！」她尖聲地咆哮著，猛而地「啪」的一聲，給我一個清脆的耳光，「叫汝緊食，汝毋聽，討皮痛！」

我「哇」地一聲，哭了出來，不知那來的膽量，竟把筷子猛力地摔在地上。

「安簽糜已經臭酸啦，我毋食！」

「夭壽死囝仔，」她氣憤地隨手拿起掃帚，從我頭上打來。我快速地閃過這一棒。

「汝今年幾歲，竟敢摔碗摔筷，夭壽死囝仔，恁祖嬤打予汝死，打予汝死！」

隨著歲月的成長和環境的變遷，我已有了一絲反抗心理，不願站在原地白白的挨打。她數次揮動著掃帚，並沒有打到我，反而是她的尖聲和咒罵聲，引來不少鄰居的圍觀。

「這個夭壽𣍐好的赤查某，又擱咧起痟啦。」阿吉嬸仔搖著頭說：「真是無天無地，無一點點天理。」

「汝這個婊子，臭查某，」三叔公適時出現，把我拉在一邊，指著她大聲地辱罵。「汝除了打囝仔，罵囝仔外，剩的無兩路幹啦！」

「汝這個夭壽𣍐好的老柴頭，汝罵我、汝罵我，我李仔玉佮汝拼啦！」她來勢洶洶地拿著掃帚朝三叔公打來。只見三叔公出手一擋，順手搶過掃帚，往門口一丟。

「汝李仔玉毋是我的對手，像汝這種腳數，擱來三五個也揪𣍐斷我一支雞葩毛。知影嘸！」

三叔公極端地氣憤，竟對她講起重話和粗話。

「這是阮厝的事志，汝這個老不死的管啥空！」她強詞奪理，高聲地說。

「佇這個鄉里，我輩份尚懸，鄉里內大細事志，我統統管定啦！這個所在輪艙到汝來『狷鬚』，知影嘸！」

「無鬚老大，我李仔玉毋信汝這套！」

三叔公不再回應她，拉著我，走到桌旁，端起那碗臭酸的安簽糜，跨出門檻，對著大家說：

「各位兄弟叔孫，今仔日大家親目看著，李仔玉的心肝彼呢黑、彼呢毒，用臭酸安簽糜、死的蟑螂，予九歲囝仔食，用掃帚頭打九歲囝仔，我水仔食了七十外歲，無管落番去內地，從來無看著彼呢惡毒的查某，這是咱庄內的不幸，也是咱家族的不幸。下次若擱發生這款事志，除了報官外，抑欲共伊趕出鄉！」

「大家試看覓！」她不甘示弱地說：「我李仔玉，毋是彼呢好欺負的！」

自從三叔公提出警告後，阿母似乎也收斂了不少。雖然不敢明目張膽地拿起掃帚頭追打，也沒有讓我吃臭酸安簽糜，但我依然在她的暴力和凌虐下生活。沒有別的去處可供選擇，沒有任何的愛讓我感到溫馨，我像一條垂死的毛毛蟲，寄生在這個沒有人性的地方。

阿母房裡的尿桶以及「放屎」用的「粗桶仔」，全都由我負責清理。尿桶如果天天清理，是我體力可以負荷的，只要雙手合力就可以把她一天一晚排泄的尿液，提到厝後倒在露天的「屎礐」，儲存起來作為日後農作物的肥料。然而，她卻有了新規定：尿桶不必天天清理、天天倒，待她放滿再提出去倒。一隻木製的尿桶，它所盛裝的何止二十斤重，待她放滿，或許要三天五天，加上炎熱的氣候，不但桶沿已爬滿了白色的蛆，而且惡臭難忍，必須先用小桶一桶桶地提出去倒在屎礐裡。我沒有搗住鼻，就讓惡臭的尿味與新鮮的空氣混合，來維持我生命的機能，好讓我快速地成長，好讓我茁壯，好讓我脫離這個魔窟……。

一個不小心，我打翻了尿桶，惡臭長蛆的尿液流了滿地。我親眼目睹白色的蛆在地上爬動。我深知又要遭受一頓毒打和咒罵，但今天她卻發了慈悲之心，沒有打我，也沒有罵我，要我跪在尿桶旁聞「臭尿味」。我不得不跪下，跪在滿地惡臭的尿液上，時而有蛆在我腳旁蠕動，時而有蛆爬上我的腿部又滾下，終於尿液被地磚吸乾了好大一片，白色的蛆也不知去向，她用力地擰了我的雙頰，揪著我的耳朵，咬牙切齒地說：

「汝這個膾好的死囝仔，好死緊去死，汝故意共尿倒佇阮房間，存心予我臭死！我今仔日毋打汝，汝緊去搯水來洗土跤，若有一點點臭尿味，汝就討皮痛！」

她今天突發的慈悲，讓我沒有重嚐竹甲魚的美味，也沒有以掃帚頭伺候。然而惡臭的尿液，在地上爬動的蛆，卻比竹甲魚、掃帚頭更讓我難以忍受。但我心知肚明，難以忍受也必須接受，這畢竟是以她為主的家庭。阿爸毋知是毋是像三叔公所說的無三湔路用，任由這個赤查某擺佈。親生的兒子也任由她凌虐蹧蹋，從來沒有以一個查甫郎之尊，勸勸這個猾查某，善待這個囝仔。如真正要打，要吵，阿母絕對不是阿爸的對手。但自從阿母進門後，他卻變得軟弱、無能。或許在他一生中，已失去了阮阿娘這個女人，不得不珍惜他生命中的第二春。因而，凡事任由她擺佈，此生就做一個無三狝路用的查甫人吧！

小妹阿雅已進了學堂，似乎也懂得不少事，一旦我受到阿母的打罵，她已能心生同情，不再怒目相向。在夏天，我常帶她去捕蟬，在秋天，帶她到花生田裡捉蟋蟀，也逐漸地培養出一份兄妹之情。她與玩伴的爭吵，我也主動地關懷和呵護。然而，不管我為這個家如何地打拚，在田裡如何地辛勤耕耘，並不能博取阿母的歡心。久而久之，我也懂得忍受，懂得保護自己，更能體會出：阿爸在這個家是多麼地沒有尊嚴，彷彿是阿母雇來的長工，沒有一點自主的權利。慢慢地自己也感到「鬱卒」，變成一個沒有聲音的人。在阿母心中——

我是：「夭壽死囝仔」。

阿爸是：「夭壽填海」。

父子同是這個家庭中的「夭壽」，不知能不能換取她們母女的「長壽」。

經常地被打、被擰，不管是用籐條，用掃帚頭，用她那雙魔手，久了，似乎也不覺得痛，隨著歲月的成長，除了想念阿娘，除了思念送人做子的阿弟，我的目屎只有內吞，沒有外流；不再是阿母眼中經不起打、經不起罵的「愛哭仙」。

阿雅的活潑可愛，心地善良，與阿母的惡毒，簡直是兩個不同的性格。也因此，與我同嚐竹甲魚的機會也不少，更可聽到阿母常掛在嘴邊的：

「死查某鬼仔」。

「嬈膣仔」。

還有更下流而不堪入耳的咒語，都隨時脫口而出。或許這與她滿口黃色的大暴牙與讓人退避三舍的口臭，有絕對的關係；滿口的惡臭，吐出來的怎能有芬芳的氣味。人性遭泯滅，怎能衍生出慈愛的火花……。

第四章

經常地，放學後或星期天，阿雅會跟著我上山，做些輕便的農事。我換洗的衣服，也由她代勞，家裡的碗筷也由她洗滌。對於阿母的種種作為，也起了很大的反感，同一體系的母女，已不再同心。厝邊頭尾，親情朋友，見到阿母如見瘟神般地遠離。只有與她共枕眠的阿爸是阿母唯一的近親。她對我的苛責、咒罵，幾乎沒有一天停頓，然而，我的沈默不理，是她的無奈；與阿雅日漸升溫的兄妹之情，已取代了我在這個家庭所遭受的冷漠和奚落，這是我始終料想不到的，甚至在遭受阿母無情的凌虐時，我曾經想過，要到陰間找阿娘，要向她稟告，我的阿爸實實在在是一個無路用的人，任由這個㺃查某打我、罵我，踢我、擰我，滿身的「烏青」，滿腹的悲傷，阿爸連一句安慰的話攏無講，阿娘，汝佇天堂若知影，一定會傷心流目屎。

阿雅提著籃子，我的肩上是鋤頭和畚箕。我們相偕上山摘野菜和撿番薯。走過一坵坵休耕的番薯田，在無數的田埂上，摘下翠綠的野菜，而我們停下來休息的，竟是鄰村的村郊，也是弟弟送給別人做子的村落。

「阿雅，汝會記得阿弟艙？」

「當然記得。」她嚴肅地說：「彼陣卡細漢，體會艙出阿母的狠毒，以為打汝打伊，罵汝罵伊，攏是應該的；反正無打我、無罵我就好。當我漸漸大漢，也讀了幾年冊，才知影阿母如此對待子女，實在是相過份。」

「伊會按呢做，可能佮阮兄弟毋是伊親生的有關係。」

「當初可能是按呢，即陣嘛是以惡毒的言語，來咒罵我；動毋動就是大力共我打落去。難道我毋是伊親生的？是佇石頭縫撿來的？」

我無言以對，人生的一切總有過去的時候。雖然阿母的作為讓我此生難忘，也讓我痛心疾首，但昨天已過去了，至少今天我們都沒有挨罵，也沒有挨打，或許以後都不會了……。

「其實，彼陣的阿弟，臭頭爛耳顧人怨，阿母當然擱卡看艙順眼。」我說。

「阿兄，」她笑著，「汝無臭頭，也無爛耳，為什麼彼呢顧阿母怨？」

我傻傻地笑笑。

「阿兄，」她正經地，「阿母即陣已是無厝邊、無頭尾，無親、無戚，但伊依然不改本色，相信有一日咱大漢，啥也毋願待佇這個無人性、無溫暖的家。」

我再次地笑笑，今天未過，那知明天是什麼氣候？對於未來的遠景，我不敢想，也不敢寄予厚望。

「阿雅，咱來去村內找阿弟？」

「汝知影伊厝佇叨位？」

「毋知影。」突然間，我想起三叔公的話，他說既然小弟已經送給別人做兒子，暫時不要去認他，去找他，以免影響他的生活。反正兄弟面、兄弟心，長大後，有緣自然會相見。

「既然毋知影，欲怎樣去找？」她反問我。

「算了，」我站起身，看看村裡古厝上沒有被大樹遮掩的燕尾馬背，三叔公有交代，咱即陣𣍐使去打擾阿弟的生活，相信伊會過得真好、真快樂。」

天色已漸漸暗了，我們摘的野菜只有半籃，簸箕裡的小番薯勉強蓋過底面，這樣的成績回家，是明顯的「討皮痛」。然而，天不但已暗，又飄起了細雨。我把她手上的竹籃一併掛在扁擔上。阿雅，所有的重量阿兄將一肩挑起，只要妳記住這份異母異父的兄妹之情，這個小擔子，算得了什麼？

走過一片野生的林木，蜿蜒的小路，更加漆黑，她懼怕地緊緊抓住我左邊的衣袖。

「阿兄，暗摸摸，我會驚死。」她輕輕地拉拉我的衣袖。

「免驚啦，阿雅，有阿兄佇汝身軀邊，安心啦！」

回到家，阿母已氣沖沖地拿著掃帚頭在「巷頭」等候，我來不及把擔子放下，大腿已重重地挨了掃帚頭一下。

「夭壽死囝仔，規日規哺跑去叼位死，撿彼三五塊安薯，摘彼點菜仔，敢返來見我。」她用掃帚頭在地上敲了幾下，尖聲地說：「恁二個猴死囝仔，統統共我跪落去！」

我尚未跪穩，阿母的掃帚頭已從我的頭上、肩上落下。我試著用手去擋，試著把身子閃開，依然逃不過阿母的亂棒。

「阿母，」突然阿雅站了起來，奮不顧身，搶著她手持的掃帚頭，大聲地哭著說，「汝𣍐使大力打阿兄，阿兄會予汝活活打死。」她哭著、搶著、擋著，非但沒有把掃帚頭搶到，反而更激怒了阿母。

「汝這個死查某鬼仔，飼汝大漢啦！」一陣陣亂棒，在她身上猛力揮著、打著，「汝敢死，敢死！查某膣仔，汝𣍐好，𣍐好！恁祖嬤打予汝死！打予汝死！」

「阿母，阿母。」她已近於瘋狂，我不能親眼目睹她以自己的魔手，來摧殘親生的女兒，「莫打阿雅，莫打阿雅，汝打我，汝打我！」我喊著嚷著，用手擋著即將落在阿雅身上的掃帚頭。然而，她已完完全全失去理性，也同時失去了人性，在她內心衍生的是獸性，是一隻出籠的母獅子、母老虎，見人咬、見血吞。她打她，也打我，打我又打她。我們的哭聲她無動於衷，我們的哀求她充耳不聽。聲聲夭壽，句句死囝仔，天雷已響，雨也更大。行善俠義的三叔公來不及看到我們長大，已安眠在山的那一頭。此刻，這轟隆轟隆的雷聲，可是三叔公怒叱這個娋查某的吼聲；這場大雨是否也是三叔公的慈悲和憐憫之淚。

「恁二個死囝仔，恁姐媽大門閂緊緊，彼隻老鬼已經死翹翹，無人會擱來佔汝，今仔日，欲予恁二個死囝仔無命！」

在一陣亂棒下，我猛力地抓住她手中的掃帚頭，她的力氣已耗盡，無力再奪回，我順手搶了過來，用力把它丟到雨中的「深井」，再衝向深井撿起，由「牆街」丟到大門外。

我咬著牙，心中有一股無名的怒火燃燒著，我已不再是她剛入我們家門時的七歲小孩，在她的夭壽聲中成長，但我並沒有夭壽；在她的亂棒下，相信我會更茁壯、更堅強。沒有阿娘的日子，讓我難過；有阿母的日子，讓我更悲傷。然而我沒有怨恨命運，只感到蒼天對我太不公平：我不該失去阿娘，再讓這個娋查某掏去阿爸的心，讓他成為三叔公嘴中無三瀨路用的人。

阿母氣呼呼地走進房裡，我快速地扶起哭泣中的阿雅。她似乎有滿懷的委曲與不甘心，為什麼竟遭受自己親生母親的咒罵和毒打？到底犯了什麼滔天大罪？這世界還有沒有公理？或許，我們所思所想都是多餘的。倘若有一天，她的理性與人性相繼地失去原有的功能，古意、無三瀨路用的阿爸，也必將遭受她的掃帚頭，以及夭壽、填海、緊去死的咒語。

我牽著阿雅的手，來到大廳，我們在列祖列宗的牌位前默立著，求取祂們的保佑，只要我們長大，不再遭受無情的毒打和咒罵，終將成為忠貞不渝、虔誠盡責的好子孫……。

第五章

大凡人都是有血性、有良知的。

一個人所受的壓迫愈大，反抗的力量愈強。無法彌補的傷害，則易造成受害者終身的遺憾和憎恨。這些施暴者大都是外來的，來自家庭的暴力卻不多見。尤其是以農為家的我們，一直守著一份永不退化的傳統美德。像阿母如此的女性，更是少之又少。雖然我們以失去的歲月換取身心的成長，但在成長過程中，所歷經的一切，依然清晰地貯存在我們的記憶裡。相反地，我們的成長，也是阿爸阿母蒼老的開始。這是自然的定律，沒有原因也不必追溯，更沒有什麼值得歌頌和惋惜的。

同處在青春時期，阿雅的叛逆性比我還強烈。阿母的一切作為，她看不順眼的十之八九，母女經常激烈地爭辯，雖然最後總是落得一頓臭罵，但我們兄妹已很久很久沒有吃竹甲魚了，或許阿母年輕時使用的力氣過多，此刻如果掃帚頭交給她，也不能像年輕時，那麼地揮打自如，棒棒命中要害。

「阿兄，咱毋通歡喜相早，」阿雅提醒我說：「阿母的兇性未改，罵人的本領擱卡懸；卡早汝實在真可憐，每一遍看汝予伊打、予伊罵，阿兄，我嘛偷偷流真最目屎。彼陣細漢，根本也阻擋膾了阿母的兇性。佇厝邊頭尾、叔伯姆嬸的目睭內，攏認為我是阿母的親生查某子，會得到卡最的疼惜，實際上毋是。汝是佇日時受到打罵，我是佇暗暝受到凌虐。稍有不順心、不如意，伊就擰我的跤倉，擰我的大腿，擰我的臉，揪我的頭毛。阿兄，我的哭聲汝是聽膾到的。我的哭聲愈大，伊擰的力氣愈大，我流的是沒聲的目屎；汝的哭聲卻博取廣大的同情。阿兄，咱攏是這間厝內的歹命人！」

「阿雅，這是我想膾到的所在。我一直以為汝有一個疼惜汝的阿母，我卻有一個三叔公所講的無三潲路用的阿爸，伊二人互補長短來湊陣，找到生命中的第二春，我是春天的歹命人，汝是春天的苦情花。」

她笑笑。笑得很甜。像一朵含苞待放的玫瑰花，艷麗、幽香……。

我們家的生活也慢慢有了改善，不再是三餐安脯糊、安簽糜。如果我上山晚歸，阿雅會主動地為我留些菜；偶而地有「好料」的魚肉，她會多夾幾塊放在碗底，再用普通的菜餚覆蓋著；遇到有勞軍的康樂隊或電影，她也會多搬一張小椅子，為我佔個好位置。經過童時的大風大浪，也奠定了我們永恆不渝的兄妹之情。

「汝看，汝看，」有一天，我們由山上耕作回來，我手牽著牛，肩扛著犁，她提著一籃番薯葉，走在我們身邊的春嬸仔，對著二姆仔說：「若毋是李仔玉彼個猶查某，將來共伊二人送作堆『做大人』，真是天生的一對。」

「無相父，無相母，兄妹仔的感情即呢好，真少。人講歹竹出好筍，想𣍐到玉仔彼個赤查某會生出即呢婧、即呢伶俐的查某子。」二姆仔說。

「順仔也是一個古意人，家內早死。阿明這個囝仔是沒話通講，揹力、打拼、忠厚擱老實。尚可惜是夭壽玉仔，無通予伊讀冊。」春嬸仔又說。

「無囉，聽講阿明捌真最字，是阿雅教伊讀的，抑會看批寫批哩。」二姆仔說。

「這呢捌想的少年人真少。」春嬸仔說。

她們的談話，我們都聽在耳裡。二姆仔、春嬸仔自從阮阿娘「過身」以後，就一直關懷著我，對阮真正好。

「阿兄，二姆仔伊咧講咱呢。」她看看我，笑著問：「做大人是什麼意思？」

「阿雅，伊老大人愛講笑，聽過就煞去。」我回應她說，臉頰上卻感到有一點兒燙。

「咱二人永遠是一對予人欣羨的好兄妹。」

「阿兄，汝講看覓嘛。」她撒著嬌，央求著說。

「我若講出去，汝會笑死！」

「汝講我聽嘛。我𣍐笑死啦。」她堅持著。

「做大人就是成親。」我笑著說。

「啥物？」她睜大眼睛，「二個老伙仔真是老番顛。」

「老伙仔歸日閒仙仙，食飽無事志愛講笑，莫怪伊啦。」

「我知影啦，阿兄。我𣍐怪伊啦，我𣍐氣啦！」

我們都相繼地笑了。「做大人」雖然教我們臉紅，但彼此的內心裡、心靈上，似乎都有一份甜蜜的感覺，以及一股難以抗拒的因素存在著。

實際上，我們兄妹並非要聯合起來對抗阿母。我們已逐漸成長，不再像童年時那麼地軟弱無知：我們渴望的是慈母的關懷，我們冀求的是母愛的溫馨；不是冷漠無情的打罵。這些粗淺的道理，她並非不知，而是不為。她不但苦毒前人子，連自己親生骨肉也不放過，這是何等的殘忍呀！如果人世間真有因果，她是否會遭受到懲罰和報應，還是依然在法外逍遙……。

第六章

轉眼，又到了一年秋分時節。沒有秋雨的滋潤，大地乾澀，豔陽高照，天氣悶熱依然。

今年的「土豆」在它開花結果時，恰逢及時雨，又沒有遭受「黑肚蟲」的啃食，因而收成出奇地好：一畝一千三百栽的田地，約可摘取二大「牛奶袋」的「土豆粒」。雖然我們常聽過：要怎麼收穫，先要怎麼栽。但在土地貧瘠、水源不足的土地上，我們不得不靠天，往往收成的好壞與「風調雨順」這句成語有絕對的關連。因而，我們也在農曆的正月初九及八月十五以「三牲」、「紅龜粿」敬拜「天公祖」，祈求祂的保佑。

日頭已偏西，秋風也送來一絲清涼意。我取下斗笠，站直了腰，眼看還有「二股」，就可以把這坵土豆拔完。明日經過日頭一晒，讓「土籐」枯萎，減輕一些重量，再挑回家一粒一粒地摘下。然而，正當我放鬆心情暗喜，天空的火光與地面的——咻！轟！隆！同時出現在我的眼簾和耳際。一陣陣急促的咻！轟！隆！——咻！轟！隆！天空已佈滿著金色的火花，四面八方是泥土和煙硝，牛羊亂蹦亂跳，不遠處傳來清晰的呼喚聲——

「緊跑喔，緊跑喔，大家緊跑喔！共匪打煩來啦，共匪打煩來啦，緊跑來去戰壕溝，卡緊耶喲！」

我的眼睛已張不開，滿頭滿臉滿身的泥沙，濃烈嗆鼻的硝煙已吸進肺裡。我沿著低窪的山溝拚命跑，硝煙和泥沙阻擋著我的視線，野籐絆住我的腳，我連滾帶翻又爬，踩過銳利的砲彈碎片，腳底是染紅草地的鮮血，雙膝雙肘是熱烘烘的一陣陣，這條「戰壕溝」，這條曾經築有「工事」和掩體的寬大壕溝，此時，竟是那麼地遙遠……。

火光到處流竄，砲彈在四面八方開花，隆隆的砲聲震得我的雙耳嗡嗡作響。我在一棵低矮的相思樹下臥倒，把頭鑽進草叢，雙手摀耳，眼睛閉上，急促的氣喘，連呼吸也發生了困難，眼睛看不見火光，耳朵聽不到砲聲，這片相思林下的草叢，或許是我此時最安全的地方。

腳底依然流著血，暫時的休息，卻是苦痛的開始。我撕開破舊的上衣，緊緊地包裹著左腳。咬著牙，繼續地向戰壕溝爬行。

我聽見了淒慘的哀嚎聲。我目睹牛羊的屍首在田埂上橫躺著。砲聲比阿母的咒罵聲還恐怖。散落一地的彈頭彈片，比阿母的掃帚頭還讓我膽顫心驚。我沒有在阿母的咒罵下夭壽，也沒有被掃帚頭打死，或許我將喪命在這場戰爭中的荒郊野地……

我強忍著。眼見鐵絲網後面的戰壕溝就在面前，迷宮樣的鐵絲網進出口，讓我卻步。

我托起帶刺的鐵絲網，匍匐前行，為的是要快速地躲進壕溝旁的碉堡。我是因生而活，並非怕死：曾經在阿母無情的苦毒下，感到生命的卑微，生不如死。此刻，我與異父異母的阿雅所孕育的那份兄妹之情，卻教我珍惜。

越過鐵絲網，我滾下傾斜的壕溝，一隻粗大有力的手把我連拖帶拉地拖進碉堡裡，漆黑的碉堡已擠滿了人，只有微微的喘氣聲，沒有任何的談話聲，碉堡的出入口，依然閃爍著強烈的火光，砲聲隆隆依舊，咻聲隆聲從未間斷，名聞中外的「八二三砲戰」就此開始。

多少人家破人亡。

多少人妻離子散。

生活在這個時代的浯鄉子民，註定是這場戰役的犧牲者。然而，我們沒有怨恨，只是痛心。古寧頭戰役，驚魂未定，英雄血跡未乾，破碎的家園待整，流落異鄉的子民尚未歸來；此刻，又將面臨一場充滿著血腥的浩劫。我們心有何甘、氣又怎忍？難道該用鮮血換取和平，用屍首弭平這個苦難的年代……

到了夜晚，也是我們點起「土油燈仔」照明的時候，砲聲已沒有白天的強烈。

或許，匪兵正在用餐；

或許，高溫的砲管急待冷卻；

或許，聲啞的砲長需要休息；

或許，火藥急待裝填；

所有的疑惑和揣測，都無法阻止我往回家的路上奔跑。雖然被破片割傷的腳疼痛難忍，身上又滿佈泥土和硝煙，但我非常慶幸能活著回家。

阿雅聽到我的聲音，連忙從「后門仔口」的防空洞跑出來。

「阿兄，阿兄，汝有怎樣嘸？」她撫著我的頭和臉，睜大眼睛久久地看著我。

「無啦，平安啦。」我拉著她的手，驚魂未定，聲音低低，強忍著出眶的淚水說。

阿爸、阿母也相繼地走進來。

「牛有牽返來嘸？」阿爸問。

「阿爸，我差一點就無命，無法度擱去牽牛。」我向阿爸解釋著。

「汝愛命，牛嘛愛命。」阿母怒指著我說：「汝這個夭壽囝仔，只顧家己，若無牛，做死人啦，做穡！」

「阿母，汝真無良心。」阿雅大聲地對她說：「阿兄差一點著沒命，就無法度返來，到底是人要緊，抑是牛要緊！」

「汝這個死查某鬼仔，久無打，皮咧癢啦，是毋是？」阿母指著她說：「汝擱大細聲，我就打予汝喙歪！夭壽死囝仔。」

我輕輕地拉拉她的手，示意她不要再說了。

「阿雅，阿兄跤予砲彈片扎到，汝去提草藥水來予我抹。」

「阿兄，汝的跤流真最血，會痛𣍐？」她仰起頭，眼裡閃爍著淚光，也同時流露出一股無名的兄妹情誼。

「莫假死、莫假死，一點點仔青傷，𣍐死啦！」阿母冷笑著說。

「阿母，我毋是咧批評汝，汝的心肝真毒、真毒，比共匪打來的大熕卡毒！」阿雅氣憤地對著她說。

「啪」的一巴掌，她打的是阿雅的臉頰，痛的卻是我的心。我忍著腳底一陣陣的疼痛，一跛一跛地走近掩面痛哭的阿雅，她為我仗義直言，我卻無所安慰。難道我也像阿爸一樣，是一個無三淅路用的查甫人！

「阿母，我尊重汝是阮的序大，」我極端不客氣地說：「我警告汝，阮今仔日已經大漢，毋是三歲囝仔，汝想要打就打，想要罵就罵。以後若是毋改、毋變，神明就佇汝的頭殼頂，汝會得到報應！」

「夭壽死囝仔，夭壽死囝仔，飼汝大漢啦，翅股硬啊，會飛啊，敢來教訓恁祖嬤！」她瘋狂地、氣憤地，雙眼巡視著地面，終於抓起掃帚頭，重施故技，向我打來。

我伸手一擋，順手搶過來，阿雅也張開雙手，把她圍住。

「阿母，」我用掃帚頭對著她比畫了幾下，「今仔日我無予共匪的大熕打死是福氣，但是我欲共汝講實話，汝若敢擱用掃帚頭打阮，阮會佮汝拚生死！」我順手把掃帚頭丟到門外。

「敢死，真敢死，無天擱無地。」她暴跳如雷地跺著腳，「敢死，無天無地，真敢死！」

屋外又響起一連串的砲聲，遠程與近程的落地聲齊響，夜空裡閃爍的火光更耀眼。阿爸阿母快速地躲進防空洞，砲聲已取代了我們的爭吵聲，在耳際裡迴響的是轟！咻！砰！而不是阿母的夭壽死囝仔聲。

阿雅已取來草藥水，在防空洞裡，小心地為我擦著傷口。

「砲彈片面頂有毒，若是發炎，傷口會潰爛，要好起來卡困難。」她關懷著說。

「阿雅，」我心有餘悸地說：「這點仔傷膾要緊，能撿回這條命才可貴。若毋是天公祖保庇，明仔日可能就是阿兄的『出山日』。」

「阿兄，毋通講彼五四三、無吉利的話。」

「若是阿兄今仔日死去，阿母就膾罵汝，也膾罵我。」我低聲說。

「毒！」她瞄了一下躲在防空洞最後面的阿母，輕聲地說：「真毒。」

「佇砲聲中，我親耳聽見牛羊的哀嚎聲，親目看著牛的屍首。阿雅，可能咱厝的牛也閃膾過。若是牛死去，以後毋知用什麼來犁田。」

「人平安就好，其他的毋通去想伊、去管伊。」她安慰我說。

「阿母擔心的是牛，毋是人。」我壓低自己的聲音。

「對伊，咱的容忍已經到了極限。」她的聲音也是輕輕地，「世界上所有的老母，伊體內所散發的，攏是慈愛的光輝、母愛的光芒；無人親像咱的阿母，伊是異數。可能有天生的虐待狂，親生的、毋是親生的，攏總著乎予凌虐。若是咱想獪開，註定這世人著生活佇伊的陰影下，永遠見獪到天日，永遠無法度翻身。」

「有時想想耶，咱實在無應該用彼呢劇烈的言語來頂撞伊、來激怒伊，畢竟伊是咱的阿母。」我說。

「我當初也是這種想法。但是伊有『驚硬不驚軟』佮『軟土深掘』的心態。咱毋通獪記，無管有任何劇烈的爭辯，絕對獪使有粗暴的行為。伊會使用掃帚頭打咱，咱獪使用掃帚頭回報伊，這是做人的基本道理。阿兄，咱著記佇頭殼內。」她說。

「阿雅，汝講的話真有道理。阿兄會永遠記佇心肝頭。」我閉上眼，靠在防空洞冷冷的水泥牆上，隆隆的砲聲讓我感覺不出飢餓，昨日的驚魂彷彿是在睡夢中。

戰爭不會那麼快結束，心靈與肉體的雙重苦難才開始；戰爭沒有絕對的贏家，輸得最慘的永遠是善良的百姓……。

第七章

短短的幾個小時，島上的落彈已是數以萬計。居民的傷亡、倒塌的房屋、家畜的屍首，更是難以計算。經常地，有許許多多的噩耗傳來：

東家的阿公被砲彈片擊中「頭殼」，當場死去。

南村的阿嬤被擊中「腹肚」，肚翻腸流，血肉模糊。

西厝的阿丈阿姑被倒塌的瓦礫磚塊活活壓死。

北面一家大小六口被活埋在土洞裡。

許許多多的噩耗、許許多多的屍首，裝在簡易的木棺裡，沒有道士來誦經，沒有地理師來看風水，還得趁著清晨共軍尚未睡醒的空檔，讓屍首不全的親人，長眠在山頭。所經之地，處處可見到、可聞到惡臭腐爛的牛羊屍首。沒有歷經戰爭，不知戰爭的殘酷和恐怖；遇到戰爭，誰還能把希望寄託在明天。有了今天，過不了明天，是常見的事。

大姆婆死了。

我們在「深井」的石臼旁，找到她「日睭」不願閉上的「頭殼」，在大門的石檻下，找到她的腿，在「巷頭」，找到她戴著「銀手環」的手臂，用銳器刮下她一小塊一小塊黏在牆壁上模糊的血肉。任我們怎麼的拼湊，任我們怎麼地長跪膜拜，求她顯靈，依然拼不出一具完整的靈身，依然不能為她穿上她平時捨不得穿，要留待「張老」的川綢衫。八十三歲的大姆婆已是五代同堂的阿祖，在她壽終正寢時，理應風風光光，讓子子孫孫把她送上地理師勘過的「好風水」。然而，她卻沒有福份等到這一天的到來，殘缺不全的屍骨，她豈能瞑目？草草埋葬，讓她心寒。一切都怪這場殘酷無情的戰爭，不是子女罔顧倫理、不懂孝道。大姆婆，您就閉上眼走吧！遠離這場殘酷的戰爭，走到接引您的西方極樂世界。待戰爭結束，如果我們還活在這幢歷經砲火摧殘過的古厝裡，再為您擇地隆葬，再為您擇地隆葬……。

天微微亮，我們得趕緊上山，挖一籃番薯，摘一點菜，砍一些柴，挑一擔水，在砲火下求生存，在防空洞裡過日子。幸好今年的收成，勉強可維持一家四口的生計。主餐是「安薯煮湯」，佐菜是「菜脯」和「土豆」；「飫膾死」、「漲膾肥」。

我也正式接到村公所的通知，參加民防隊。有時夜間要冒著砲火在村裡巡邏；白天要訓練，要協助軍方搬運物質、築工事。官派的指導員，全是一些民國三十八年跟隨國軍來金門的退伍「北貢」，什麼事都是命令，動不動要抓去槍斃；出公差、築工事還要自己帶飯。在匪砲的摧殘蹂躪下，在政府官員的脅迫下，我們已成為沒有尊嚴的三等國民。然而，儘管你有滿懷的牢騷，滿肚的委曲，什麼話只能往肚裡吞，什麼事只有忍下；要不，準會被貼上「反動分子」、「思想犯」的標籤，雖然不至於馬上抓去槍斃，但心靈上的折磨，簡直讓你無法想像。因而，浯鄉的父老兄弟都是烽煙下的次等國民，任由他們擺佈，任由他們發號施命，只求平平安安地做一個炮火下的順民，其他的還能冀求什麼？

一個黑夜，我們十幾位同村的民防隊員，奉命跨上一輛軍用卡車，繞行在顛簸的泥土路上，被載到新頭村郊的一個掩體，與其他村落的民防隊員會合。

我們的任務是搶灘。等待海水退潮、艦艇登陸時，卸下船艙裡的軍用物質。不管是槍砲彈藥、主食副食、大衣棉被必須儘速地卸下、裝車、載離碼頭，存放安全的掩體裡，以備戰時之需。雖然我們的機艦來去神祕也機密，但匪軍的情報顯然是略勝一籌，碼頭和機場是他們經常砲擊的地點。為了搶灘，為了卸下遠從臺灣運補而來的軍用物資，已犧牲了不少寶貴的軍民生命。

岸勤部隊已搭起了用大油桶和木板綑綁而成的浮橋。砲聲依然在遠方、在近處落下和爆炸，天上的火光劃破了夜空。龐大的軍艦在海上晃動，我們每人分配一頂鋼盔，由一位軍官帶隊進艙分配任務。

悶熱的船艙，肩扛的又是笨重的物體，三趟的來回，我的熱汗已變成冷泉。

「緊搬，緊搬，卡緊搬。稍等會大熕打來，穩死無活！」

是誰講的話，已不重要了。重要的是緊搬、卡緊搬。我也暗自慶幸，聽說以往的搶灘，沒像今晚的順利。以往軍艦入港，匪砲也跟著來，今仔日，阮福氣啦！或許每人再搬個四、五趟，就可以回家了。然而，我高興得太早了。

咻！轟！隆！

咻！轟！隆！

密密麻麻的砲彈片已四處飛竄。

臥下，臥下。

臥倒，臥倒。

我扛著一箱子彈，尚未走過浮橋，急促的催促聲，讓我猶豫瞬間，浮橋下的水花濺得好高，橋上的木板也劇烈地晃動。我突然失去重心，子彈和我同時掉進海水裡。幸好浮橋下的水不深，我沒被淹死，卻讓那箱子彈壓傷了我的腳背，也同時喝了幾口鹹澀的海水。

我忍受著疼痛，緊緊地拉住彈箱側面的麻繩，匍匐著，一步一步拉上沙灘。然而，一陣轟隆聲在我不遠處響起，我被一陣濃煙和泥沙覆蓋著。我掙扎著從泥沙中爬起，又臥倒，熱熱的液體由頭上流下，同伴快速地把我抬到掩體，一輛四分之一的救護車把我送到「五三醫院」。我的頭部受傷，只是被砲彈片擦過；我的腳背也受傷，幸好腳骨沒有被壓碎。頭纏著白色的紗布，腳也裹著一團紗布，我被匪砲所擊傷，卻沒有被擊倒。如果被打得屍首分離，血肉粉碎，心也不甘！我的傷在阿母眼裡，依然是「袂死的青傷」，但我並非要博取她的同情，也不是想重獲母愛的溫馨。這個家對我和阿雅來說，不知該用什麼言辭來形容。雖然我們所付出的不是一股龐大的力量，但，我們又從這個家得到了什麼？獲得了什麼？是留戀，還是離開？這也是我經常深思的問題。

腳傷未癒，行動不便，頭部的傷口也尚未癒合。阿雅必須代替我上山挖番薯、摘青菜，雖然傷心牛羊和豬都被打死，但如果現在還飼養著，卻是一大負擔。人的食物、人的安全，已是沉重的負荷，那還有餘力來飼養它們。

有時看見阿雅氣喘如牛地挑重擔、躲砲彈，內心裡實在有說不出的愧疚。

「阿兄，莫講客氣話啦，自細漢我受汝的疼惜尚蓋最，今仔日汝受傷，我做一點仔事志，也是應該的。」

「這穡頭攏是粗重的工作，阿兄驚汝凍繪條。」

「繪啦，繪啦。阿兄汝放心，我繪彼呢軟弱。」

我們笑了，這是兄妹間最坦誠、最真摯的笑聲，沒有虛假、不是謊言，在我們體內衍生的，豈只是同心和互助和關懷……。

第八章

在砲火中成長的孩子，是否較堅強？而堅強的孩子，是否不輕易地掉眼淚？答案是否定的。

金門中學因受砲戰的影響，決定遷校。然而，所謂遷校，並非是集中上課，而是由臺灣省教育廳協助，讓金中的學生在臺灣各縣市的省中寄讀。

阿雅今年考取初中，則必須馬上面臨離鄉背井、負笈他鄉的現實考驗。

「莫讀啦，莫讀啦！」這是阿母知道後的反應。「查某囡仔跑彼呢遠讀冊，想要中狀元是毋是？」

「阿母，時代無相款啦，阿雅冊讀𣍐夕又擱聰明，讀卡最一點，將來才有前途。」我極端溫和地、誠懇地開導著她說。

「無路用啦，無路用啦。」她搖晃著手，冷漠地說：「查某囡仔，冊讀擱卡最，大漢也是別人的，予伊讀小學畢業，𣍐做青暝牛，伊就謝天謝地啦！」

「阿母，……」我想再做一點解釋，她卻怒氣沖沖地打斷我想說的話。

「免講，免講。食予飽，穿予燒，莫陷眠！」

我搖搖頭，輕嘆了一口氣，看著在一旁沈默不語、眼眶紅紅的阿雅，這是她一生中最大的轉捩點：失去讀書的機會，與失去春天，同樣讓我們感到悲哀。然而，她卻不能主動地力爭；初中和小學，也有很大的差別，最現實的問題，就是學雜費：小學一切均免，初中卻樣樣要錢，除了學費、雜費、書本費，還有更龐大的食宿費。一旦缺少家庭的經濟支援，連最基本的註冊也不成，書，又該從何讀起？

當然，我不知道阿母擔心的是她的學雜費，以及生活費，還是捨不得、放不下心，讓她遠赴地生人不熟的異鄉求學。

我們都同時在砲火下的地洞裡沈默著，以阿母的個性，似乎沒有溝通的餘地。坦白說，這幾年來，蒙天恩賜，番薯、芋、大小麥、土豆和高粱的收成，除了食用、餵養豬羊，剩下的確也賣了不少錢。尤其是販賣豬牛，所得的款項，更是可觀，相信家中一定還有不少的存款。

因此，我想到阿爸，想到這個曾經是三叔公仔口中無三湘路用的人。

隔天的清晨，我跛著腳，堅持跟著他上山。這片空曠的田野，只有我們父子兩人的身影晃動著。

「阿爸，今仔日，阿雅考入初中，是咱厝的光榮，雖然著去臺灣讀，伊也有這個意願，我看咱攏著成全伊。」

「啥物代誌我攏無管，汝去問恁阿母。」他大聲地推辭著說。

「汝是一家之主，也是一個堂堂正正的查甫人，毋通啥物攏毋管，尤其是這款重要的事志，需要汝來做主。」我說。

「我𣍐做主的，去佮恁阿母參詳！」他不悅地說。

「阿爸，自阮阿娘過身後，阿母入咱厝的大門，我予伊打，汝無來佔我、圍我，我的身軀瘀青積血，汝是親目看著的；予伊黑白罵，汝徛佇邊仔看熱鬧，無替我講一句公道話。我是汝的親生子，汝是知影抑是假毋知？」我氣憤地說。

「汝阿娘無良心，早早就死去，放恁二個兄弟仔拖累我。」

「阮二個兄弟拖累汝？」我頓了一下，「講話著憑良心，阮若拖累汝，小弟𣍐送予別人做子，我毋免食臭酸糜、也毋免做牛做馬來拖磨！」

「毋通𣍐記，是什麼人飼汝大漢的？」

「阿爸，汝佮阿母飼我大漢的大恩大德，這世人我無法度報答啦。但是我坦白共汝講，我是吃臭酸糜，替阿母倒粗桶仔，倒尿桶，用掃帚頭打大漢的，用夭壽死囝仔罵大漢的，汝知影嘸？」

「過去的事志免講啦！」

「過去的事志我永永遠遠記佇心肝內，永永遠遠記佇心肝頭。」我用手在胸前拍了好幾下。「阿雅是阿母帶來的親生查某子，論理講，伊得到恁的疼惜比我卡最，這件事志我會使毋管。但是，人佮人的湊陣，是有感情的，伊共我當做親阿兄，我將伊當成親小妹。我已經是青暝牛一隻，但是獪使誤了小妹的前途。阿爸，汝無論如何著提錢出來，予阿雅去臺灣讀冊。」

「我無錢啦，這件事志免講啦！」

「汝有錢無錢，心內有數。舊年賣二水豬，一隻牛犅，二十擔芋，三十擔露穗。大麥、麥仔、安薯、土豆、番仔豆攏莫講，汝佮阿母予我幾塊銀？我做牛做馬，暝日拖磨，鄉里眾人攏知影，恁予我幾塊銀？」

「所有的錢銀攏嘛是收起來，以後通共汝娶某。」

「阿爸，汝安心啦，阿母的好名聲眾人知，某我不敢想啦！汝若答應提錢出來，予阿雅去臺灣讀冊，我就謝天謝地，阿彌陀佛啦。」

他不再說什麼。是默許，還是尚在考慮中？阿雅，阿兄已經盡力了。成與不成，攏是汝的命啦！要記住，目屎只許吞落腹，毋通向外流。阿兄祝汝前途有光明。

終於、阿爸阿母不再堅持查某囡仔讀冊無路用，同意她到臺灣讀初中。這個從天而降的喜訊，足足讓我們雀躍萬分，眼見即將分離，我也將成為這個家庭中的孤兒。兩次被匪砲擊傷，我都沒有流淚，挨了阿母的掃帚頭，也不再落淚，為什麼就在今夜，就在此刻，我的淚水泊泊地流著、落著。我是想起死去的阿娘，還是想到和這位異父異母感情卻深厚的妹妹要分離？

不，什麼都不是，我想起了被砲彈擊中腹部、肚皮開花的老牛犅。

不，什麼都不是，我想起了大姆婆屍首分離、血肉黏在牆壁上的慘狀。

是的，歷經戰火洗禮的孩子會更堅強。然而，那活生生的悲慘教訓，永不磨滅的回憶，教我如何能堅強，教我如何不落淚……。

「阿兄，咱生佇這個不幸的家庭，歷經這場無情的戰火，親像一眨眼大漢真最，即陣兄妹又欲分離，希望咱著家己照顧家己。」

「阿雅，阿兄是長年佮田為伍、佮牛做伴；汝是要去一個完全生疏的環境求學讀冊。我雖然擔心，也真放心。惡劣的環境，悲傷的時代，往往能為咱塑造出一個獨立的人格。阿兄雖然自幼失學，但經過汝彼呢耐心的教我讀書寫字，妳佇學校所學，阿兄也加減捌一點，予我毋免做一隻青瞑牛，這份難得的兄妹之情，一定會永永遠遠記佇咱的心肝內。」

雖然我不想流淚，那是缺少獨立精神的，那是不夠堅強的。然而，當她提著簡單的行李，含淚地向我說再見時，我已不再堅強，獨立的人格和精神也逐漸地崩潰。我箭步向前，拉起她的手，緊緊地握住一份即將離別的兄妹之情，流下一串串兄妹即將離別的淚水……。

砲聲再次劃破晴空，離別總有相逢時。揮著沈重的手，聲聲再見鎖心頭，無言的珍重和祝福，惟有一顆誠摯之心才能感應到……。

離別總有相逢時。

離別總有相逢時。

我的心裡如此地想著、想著……

第九章

連連續續，日以繼夜，歷經四十四天的砲火硝煙，終於砲戰停止了。停火的原委不是一般百姓所能瞭解的。是暫停或是永久的和平，更是沒有人知道。因為我們不是政治家，也非軍事家，只是凡間的一個百姓，以及荷鋤扛犁的小農夫。其他的有限知識，都是聽說、據說和傳說……。

從停火一個禮拜、兩個禮拜，到單打雙不打。我們依然生活在砲火的陰影下，我們依然得不到清平時的安寧。時時刻刻必須提防匪砲的襲擊：空爆彈的殺傷力，我們領教過；宣傳彈頭的威力，我們見識過；十二英吋俄製的鋼砲彈，掀翻了整座鋼骨水泥砌成的防空洞，我們看過；親人死不瞑目的慘狀，陽光下腐爛生蛆的牛羊屍首，彷彿就在眼前、就在我們的腦海裡。

田裡的坑坑洞洞，必須剷土回填，未爆彈必須等軍方來排除、來處理。整座山坵、整片田野均是滿目瘡痍。想要復耕，不知待幾時；想要收穫，是在遙遙遠遠的時光裡。然而，這條路總是要往下走，況且，我只不過剛啟步、剛踏上這條坎坷的人生大道，想要抵達終點，想要擷取幸福的果實，必須忍受痛苦的煎熬……。

從阿雅的來信中，得知她被分發在「省立高雄女中」就讀。不久，又領到政府核發的三千元安家費，這筆錢對一位遊子來說，猶如及時雨，不僅是對她，對所有負笈異鄉求學的學子，對所有因戰亂而遠赴他鄉避難的浯島鄉親，可說是貴人的相助。讓他們免受飢寒，讓他們能尋覓一個暫時遮風避雨的地方。戰爭總會結束的，另日再踏上歸鄉的路途吧！

自從阿雅到臺灣讀書後，阿母的言談、舉止，似乎有了很大的變化。她不再以尖酸刻薄的言辭來對待我，沒有再以掃帚頭來伺候我；大小事情充分尊重阿爸的決定。遇到較有爭議的事情，也是心平氣和地相互溝通。她所展現的，彷彿是阮阿娘在世時的身影，彷彿是阮阿娘的化身，讓這個小小的家庭，瀰漫著一股溫馨的氣息。然而，她的改變，有誰能看清呢？竟連鄉里老大、厝邊頭尾也是議論紛紛，抱持著懷疑的態度。

「李仔玉會悔改，我死也毋相信。」

「古早人講過，江山易改，本性難移。」

「伊驚死啦，毋是正正佇悔改。伊講自伊大姆仔予大煩打死，就時常眠夢，夢見大姆仔擇掃帚頭打伊，夢見大姆仔罵伊苦毒囝仔會𣍐好死！」

「惡人無膽，歹人驚死。早晚會得到報應。」

「揞籃假燒金，這款事志除了李仔玉，別人攏做繪出。」

許許多多的議論，幾乎是一面倒，沒有褒，只有貶。我始終不明白，如此的評語對阿母是公平，還是不公平？當然，修了幾天行，焉能立即成佛？阿母突然地對我示好，果真是在夢中遭受大姆婆的教訓？還是深恐遭受上天的懲罰和報應？果真是大姆婆顯的靈，讓阿母蛻變成一位具有傳統美德、相夫教子、勤儉持家的女性？那大姆婆真是功德無量、佛海無邊了。然而，美好的歲月僅維持短暫的時光，阿母的精神起了很大的變化。每天喃喃自語，魂不守舍地在外面東晃西轉，時而哈哈大笑，時而痛哭流涕；手持棍棒，打雞打狗又打人，鬧得全村無一安寧。阿爸每天跟著她團團轉，唯恐她神智不清，用棍棒傷了人。

「李仔玉起猶啦，李仔玉起猶啦。」

「阿明仔伊阿娘陰魂不散，附佇伊的身軀頂，得到報應啦！」

「來看啦，緊來看啦，猶玉仔脫光光，二粒老奶脯咚咚海，二粒老奶脯咚咚海！」

「緊來看，緊來看，猶玉仔去兵仔營吃饅頭，佮兵仔睏。」

阿爸不得已把她關在「櫸頭內」，她依然哭著、鬧著、拍打門板，高聲地喊著：「放我出去，放我出去！」

然而，一日放她出去，帶來的困擾更多，每天從門縫、從窗戶為她送上一些食物，也不斷地從門縫裡飄出嗆人的尿臭味和糞臭味。她已完全喪失了理性，也過著非人性的生活。

阿爸聽信讒言，冒著砲火到城裡問卜。

阿爸聽信讒言，請來師公法師驅鬼魔。

阿爸聽信讒言，遷移了阿娘的風水。

阿爸聽信讒言，門窗貼上了靈符，大門別上黑令旗。

阿爸聽信讒言，請乩身起壇，派金銀紙，做醮、飲符水。

不知消耗多少時間，不知花費多少錢財，阿母依舊在那不見天日的櫸頭內，過著非人性的生活。沒有人同情，沒有人褒揚她的為人，沒有人肯定她對這個家的貢獻；對子女只有苦毒，沒有愛；只有打罵，沒有關懷。所有的過錯必須由她自己承擔，必須忍受著上天對她的懲罰。必須承受心靈與肉體雙重的苦難。

對她，我已沒有怨恨，童時所遭受的，已化成此刻對她的同情以及母子深情。經常地阿爸開啟房門，拉住她，由我來清理髒亂的房間，惡臭的糞便。我們父子沒有半句怨言。母子間的交集不僅遠了一點，又得忍受親友們的疏離。

一個㾪，歸家口攏是㾪。

我們父子必須忍受被人奚落的事實。阿爸是㾪玉仔的尪，我是㾪玉仔的子。㾪順仔，㾪阿明。每一個細胞、每一根汗毛，舉手投足，平日言談，攏總是㾪耶！

猜人講猜話。

猜人做猜事志。

一個家庭的變遷，彷彿只那麼短短的一剎那，想創造一個幸福美滿的家庭，往往要經歷多少艱辛苦楚的歲月。

阿母使盡了力氣，撞開了房門， 溜煙地跑了。她像孩子般地與阿爸在村子裡捉迷藏，整個村落雞飛狗跳，兒童被嚇哭了，大人深恐被猜仔打，也關起了大門，或躲得遠遠的。不錯，猜查甫追著猜查某，猜子也幫忙追猜母。讓所有的村人都來看猜耶，讓所有的村人都來看猜戲。

她突然間躲到陰暗髒亂、滿佈灰塵與蜘蛛網、堆放農具與「土豆藤」的草房裡。阿爸聲音柔柔地喊著：

「玉仔、玉仔，出來、出來。」

「玉仔，玉仔，出來，出來。」

裡面沒有回應，阿爸順著空隙往前走。猛而，一陣劇烈的器具碰撞聲，一聲淒慘的哀嚎聲，阿爸被阿母用「三齒」襲擊著頭部，已不省人事地倒在血泊裡。

我急速地搶走她手中的三齒，緊緊地把她抱住，高聲呼喚著鄰人。

「救人喔、救人喔！」

「順仔予伊彼個猶某用三齒打死啦。」趕來救援的鄰人說。

「順仔予伊彼個猶某用三齒打死啦！」圍觀的村人說。

草房外已擠滿了人，衛生排的醫官也提著救護箱趕來。然而，三齒的尖銳，加上阿母使出的猶力，已不能挽回阿爸的性命。而此刻，阿母卻不再掙扎，喃喃自語地注視著血流滿臉、已無生命跡象的阿爸。

她緩緩地走近阿爸，用手摸摸他沾著血的頭和臉，突然尖聲地叫著：

「順仔。順仔。順仔……」而後伏在他身上高聲地哭泣著。時而搥胸，時而搥頭，是否她已知道闖了禍？是否她此時神智又正常了。

「心肝順仔，我心肝順仔，汝有聽著我的聲嘸，有聽著嘸？順仔，我心肝順……」她搖著一頭散亂的髮，哭聲已逐漸小而沙啞，猛然地雙膝跪在地上，雙掌朝上，露出沾血的雙手，驚叫著：「血、血、血！」而後走開，而後跑遠。

我已無心把她拉回或追回，就任由她走吧！這個殺父的兇手！

鄰人協助我把阿爸的屍體移入大廳。村公所的幹事已報了官，有來調查的、問筆錄的、驗屍的。然而，卻到處找不到兇手。有人看見她從東邊跑，有人目睹她往西邊逃，整個村落都找遍，就是不見她的蹤影，也沒有一絲兒聲息。

「猶查某，去死好啦！」

「苦毒子擱打死尪，會死獪出世。」

「大家若毋相信，試看覓，這個㾀查某，已經得到報應啦！」

任何的咒語，對一個失常的人來說，已沒有多大的意義。「去死」也好，「死獪出世」也好，「得到報應」也好，已是多餘而浪費口舌的言辭。如果真能去死，實際上也是一種解脫。因為一個神智失常的人，活著何嘗不是一種痛苦，也是社會和家庭的累贅。然而，上天對這個家庭未免太殘酷了。阿母已被找到，她選擇用麻繩穿過橫樑，自縊在草房的最末端。身軀已冰冷僵硬，伸出的舌頭已呈黑褐色，腳下是一個被踢翻的木箱。「一樣生」，「百樣死」，人雖然有求生的本能，亦有選擇死的權利。她是在精神耗弱下為之，還是在清醒時選擇這條通往陰間的小路？我的精神已崩潰，陰間這條路雖禁止我通行，實際上，我也不能走，兩具停在大廳裡的靈身，必須由我舉「幡仔」、穿「麻衫」、包「頭白」，送他們上山頭……

不管是無三糲路用的阿爸。

不管是以夭壽死囝仔咒罵我或用掃帚頭打我的阿母。

他永遠是我的阿爸。

她永遠是我的阿母。

……

第十章

往往，家庭的遽變與時間的長短沒有絕對的關係。

我在這個充滿著變數的人生歲月裡，相繼地失去了二位親人。雖然在逆境中成長，對家失去了希望，但家也曾經給我溫暖，也曾經是我遮風避雨的地方。我沒有理由不愛它；我沒有理由對曾經是這個家庭中的成員存著鄙夷之心。雖然阿爸阿母都走了。如果等阿雅辦好出入境，再候船回來送他們一程，或許腐爛的屍首將生蛆，屍水也將流出棺木外。這是現時代的悲哀和無奈，也是浯島子民負笈他鄉求學謀職，所必須面對的問題。我們不得不屈服於現實；我們不得不痛陳這個悲傷苦難的年代。

戰爭依然持續著，雖然沒有初時的強烈，但單打雙不打，夜晚的砲宣彈依然讓我們膽顫心悸，想免於被砲火摧殘是夢想、想過太平的日子是奢望。人生竟是希望與失望交錯而成的。過多的苦難，衍生不起歡樂、過多的歡樂卻易使人迷失。

我能理解阿雅此時的悲痛心情。從她的回信中，對家沒有苛責，對死去的雙親卻充滿著愛和歉疚。不管是生她、育我；非她所生、非他所養；我們都同感命運之神，對我們兄妹實在太殘酷了。這不是報應，而是命運：是凡人無法抗拒的命運，絕不是無形的現實報應。在信中，我們不能詳述事故的前因後果，只能忍受悲痛，接受這份事實。豈能把不幸歸罪於這個社會、歸罪於這個歷經砲火摧殘，而屹立不倒的小小島嶼。

歲月已讓我成長，也有足夠的能力來處理一些突發的狀況。我是阿明，猾子已隨著阮阿母埋在墓穴裡，不能叫我猾阿明，不能指著我說是猾玉仔的子，我有我的理想，我有我的目標和方向，不會是這個社會裡的一隻吸血鬼和一條寄生蟲。然而，我已成了這個村落裡唯一的孤兒，以前的儲蓄，支付阿母病發期間的師公、童乩、法師、做醮、金銀紙……等等，以及阿爸阿母往生時的棺木、鼓吹、祭桌、菜碗、白灰……等錢，所剩已不多，我悉數寄給阿雅。她也是我餘生唯一的親人，是我的小妹、是期待我疼惜照顧的小妹，不是長大後要做「大人」。只期望伊好好讀冊，在社會上做一個有路用的人。

我再次地巡視了滿目瘡痍的田野，戰爭讓我喪失了一切；雖然迄今仍不明白，阿母是否因戰爭而起猾，從開始到現在，它帶給我們的傷害，遠勝百年天災。我也無心再戀棧這片田野；雖然，我曾經在這片土地上長大，對它的感恩，猶如生我、養我的母親，但我不得不離開，並非逃避，並非懼怕走在這條砲火硝煙的浯鄉大道。

我肩上披著「從軍報國」的紅色綵帶，軍用卡車載著我們在窄小的街道上遊行，掌聲取代鞭炮，歡送著我們遠去。白雲在藍天中飄遊，秋陽溫煦地映照在我們的頭頂上，車輛輾過堅硬的紅赤土路，砲火殘存的硝煙，讓野地裡長不出翠綠的青草，枯萎的林木纏著籐蔓，飛揚的塵土已逐漸地阻擋住我的視線。浯鄉的村落一個個消失在我的眼簾，家也離我愈來愈遠，難道我是一個被時代遺棄的孤兒……？

軍艦在外海原地浮動。我把莊嚴神聖的從軍報國綵帶取下；難道從軍真是為了報國？我的心靈與理智強烈地交戰著。或許，從軍只是想遠離這塊即將被砲火吞噬的島嶼，從軍只是不願在這塊無父無母、烽火連天的土地上，做一個孤兒；報國二字對一個長年生長在這塊島嶼的順民來說，的確是倍感遙遠和沉重。然而，在這個時代、在這樣的環境下，從軍的路途卻是最貼近我們心靈的最深處。一個烽煙下的順民，他的思想是潔淨無塵的，沒有任何的毒素可資污染。他們信守的是老屋牆上鏗鏘有力的標語，他們日夜聽到的除了砲聲，那便是激昂而沒有美感的軍歌聲；聽久了，也能朗朗上口、跟著舉手呼口號。他們不懂「時代考驗青年，青年創造時代」的使命感。從軍也就是當兵的代名詞：當兵「食公家」、「穿公家」、「無煩無惱」，只要扛得動槍，能寫名和姓，能識些粗淺的大字，救國團的大門口，常年掛著「歡迎青年加入從軍報國的行列」。因此，我選擇這條簡單的路，先尋求食公家、穿公家、無煩無惱。報國二字對一位無讀冊的青暝牛來說，實在太沈重了……。

太陽映照在碧波無痕的海面，軍艦啟錨，加足馬力，快速地航離浯鄉的海域。誠然，從它龐大的船艙裡，不知卸下多少火藥和槍彈，多少機槍和大砲。但它依然懼怕一顆在它肚裡，彷彿是眼中細沙，那麼微小的物體。一旦穿破它的腸肚，吃進無可斗量的海水，那時，我們都將成為汪洋中的一個冤魂，既不能從軍，也不能報國，靈魂將隨波逐流，遨遊五湖四海。

甲板上是烈日和海風，浯鄉的山巒已是模糊一片，紅色的磚瓦已褪成白色的記憶。燕尾馬背在我的腦海裡蕩漾。第一次離家出遠門，新的開始就在今朝、衣錦還鄉是遙遠的夢，失落的身影，也不能從海底裡浮現。

浯鄉離我愈來愈遠了。

我已望不見故鄉。

我已望不見故鄉……。

第十一章

經過二十餘小時的海上顛簸，終於我們看見萬壽山的燈光，閃爍著耀眼的光芒，刺耳的汽笛聲，告訴我們，船已靠岸。然而，我沒有到達目的地的喜悅、亦沒有離鄉時的離愁。內心猶如碧波無痕的湖泊，是那麼地平靜，那麼地祥和。

我跟隨著領隊，以及一起從軍報國的同鄉青年，默默地走著。異鄉的夜晚，寬廣的街道，處處閃爍著迷人的霓虹燈，但我卻沒有多看它一眼。高樓閃爍的燈光，仿若從我頂上飛過的砲彈，讓我心猶有餘悸；吵鬧的人聲、車聲、喇叭聲，多麼像砲彈落地時的聲響，讓我想躲進地洞裡。

阿雅告訴我，她們學校離十三號軍用碼頭很近。但我們此刻所遙隔的，依然是天涯海角；船舶的進港出港，啟錨航行的時間，一切都是不可告人的機密。雖然，我曾經寫信告訴她近期將來臺灣入伍，但近期是什麼時候，當事人也是一無所悉，一切都是等命令、待通知。兄妹想在此時會面，已是不可能。況且，我跟隨的是一個團體，所有的時間、個人的自由，全由領隊來操控，和我們接受民防隊訓練是同樣的情形。一切服從命令，服從領導，誰膽敢說聲「不」字，軍隊當然也是奉行這種紀律。雖然尚未正式換上軍裝，卻已聞到一股濃烈的軍隊氣息。因為我們已吃了好幾餐「免錢的兵仔飯」，一旦到了訓練中心，理了光頭，穿上軍裝，不就是一個堂堂正正「食公家」、「穿公家」、「有錢提」的「阿兵哥」。家鄉的砲聲，我們聽不到，民防隊的公差、巡邏、碼頭搶灘，我們輪不到。「當兵好、當兵好、當兵真正好」，這是我小學二年級讀過的國語，與老一輩說的「好鐵不打釘、好男不當兵」，是不一樣的！

我的從軍報國，阿雅不但贊成，而且鼓勵有加。阿娘、阿爸、阿母已相繼地離我們遠去，陸陸續續的砲聲，不知待何日始能停止，守著那幾畝靠天收成的田園，又沒有幫手，倒不如從軍報國來得實際；如果經濟上不允許她繼續升學，她也會找一份工作，來維持自己的生計。若依目前的學雜費和生活費，她身邊的錢，唸到初中畢業，絕沒問題。而且，我亦有薪餉可領，屆時必可資助她。許許多多的事情，我們都曾經在信上溝通，彼此間也有很好的默契。因為在我們的家庭中，僅剩下一對異父異母的兄妹，倘若不善加珍惜和友愛，不彼此照顧和鼓勵，又有誰願意伸出一隻誠摯的手，又有誰願意給予我們一絲關愛的眼神。社會的現實，人情的冷暖，我們心知肚明。

含腥的海風，比起船艙裡沈悶又充滿著油煙味的空氣，要讓我們舒暢很多。我們全員下船到齊了，上了卡車，急速地離開軍人、軍車與軍用物質搶著卡位的十三號碼頭。

從雙哨的碼頭大門，接受哨兵的檢查，卡車滑下斜坡往左行，很快地通過一條老舊的柏油路再右轉，我驀然看見「省立高雄女子中學」八個金色的大字。我目不轉睛地注視著它，想著在這裡讀書的阿雅：我們已是好久好久未曾見面，齊耳的髮絲，白衫黑裙，青春活潑，或許這就是中學生吧。然而，我的視線很快就迷失在路邊的燈光裡。一部接一部的汽機車、三輪車、腳踏車，十字路口的紅綠燈，橫越斑馬線的紅男綠女，與家鄉不一樣的景象，讓我眼花眩亂。

很快地，我們進入高雄車站第一月台，擁擠的人潮，看不到車頭的火車，讓我們感到新鮮。我們坐的是加掛的運兵車廂，與一般旅客完全隔離，目的地是新竹「第一訓練中心」。訓練中心的操練，與民防隊訓練都有異曲同工之處：因而除了生活上較為緊張外，其他如出操、上課、打靶、出公差、打掃環境，我們不但駕輕就熟，更能適時完成任務。教育班長對我們這批來自金門的子弟兵，禮遇有加，排長、連長更是讚聲連連：因為我們規矩不調皮；因為我們聽話不搗蛋；因為我們勤奮不投機；因為我們射擊準確、沒打過麵包；因為我們認真學習、政治課考試從無不及格；種種理由和因素，我們得到的掌聲更高，但從不驕傲、從不自滿，依然認真學習。二個月後，我們轉進「裝甲兵學校」，接受為期六個月的專業訓練，我們士氣高昂，我們的心胸開朗。畢業後，國家將授予我們「裝甲兵下士」的軍階，每月的薪俸也將從八十五元調高到一百元。我相信供給阿雅每學期的費用絕對不會有問題，只要她努力、只要她用功，把書唸好，我的付出才會有更深更大的意義。因為這世界上，已沒有什麼可替代我們兄妹間誠摯的親情，生她的父母已死、生我的父母已亡，我們能成為今生今世、永恆的兄妹，誰說不是緣分；父母的二度梅，二家的再連接，誰說不是老天的恩賜。誠然，我們都受到有暴力傾向的阿母苦毒，但畢竟已經過去了。阿母的陰影，也早已讓燦爛的陽光曬乾，我們珍惜著現在，也期待一個嶄新的未來……。

幸運地，我被學校留下當助教。不是我的學識好，而是我的戰技演練、動作嫻熟又標準、信仰堅定又服從命令。我已鐵定不會下部隊，也不會回到戰地的老家聽砲聲，甚至當砲灰的命運。我將安安定定在這個人人夢寐以求的士官學校當助教。上了幾十堂的政治課，終於我悟出真理：報國不一定要上前線，做一個堂堂正正的革命軍人就是報國，信仰三民主義也是報國，把學生教好就是報國。報國的定義實在太簡單了，早知如此，何不早早就「從軍報國」。免得在家聽砲聲、躲砲彈、食「安薯」配「菜脯」，「飫更」擱「失頓」。

士校結業後，依規定有一個禮拜的探親假。然而，我已無親可探，唯一的是在高雄讀書的阿雅。我們也很久沒見面了，雖然往返的書信不斷，如果兄妹能在異鄉見了面，那真是太好了、太美了。因而，我決定拍電報給她：我將坐星期六的夜車，要她星期天早上在高雄車站接我。或許，我們將有許許多多話想說、想談；或許我們彼此會無言地沈默著，不知該說什麼，該談什麼？人的心理，有時矛盾、有時反覆；想說又不說，想見又怕見；見不到又傷神又失望，見了面卻爭吵激辯、不歡而散。實際上，這也是人最基本、最自然的內心反應。如果能想通，一切問題都不是問題了。

慢車的時速，有時真讓人身焦心急。我靠在車廂長椅的枕木上，睡睡醒醒、腰酸腿麻，渾身不舒服。抵達高雄車站，已是春陽上升時刻。步下月台，沒有春風的輕拂，卻有惱人的悶熱，身穿長袖軍服又戴帽，更顯得密不通風，熱汗也由帽沿滴下。

「阿兄。」是阿雅的聲音。

我用手帕擦著汗，也轉頭尋找發聲處。心中的黃毛丫頭，已是亭亭玉立的美少女，烏黑齊耳的髮絲，清純秀麗的臉龐，一襲白底紅花的短袖襯衫，搭配著黑色的百褶裙，散發著一股迷人的青春氣息。歲月讓人成長，環境使人改變，從阿雅身上聞不到「安薯味」，如同我身上充滿著「兵仔味」一樣。

「阿兄，」她拉了我一下，「汝佇想啥物啦？」

「阿雅，」我們相繼地移動著腳步，「想𣍐到汝變彼大漢啦，也變媠啦。」我笑著摸摸她的頭。

「阿兄，汝也是，穿起兵仔衫，搁卡親像大人！」她挽著我的手臂，高興地、雀躍地笑著說。

「汝聞看覓，」我笑著把手臂伸向她的面前，「兵仔衫攏有臭兵仔味，聞久會予汝驚死喔！」

「繪啦，繪啦，阮繪驚啦。」她仰起頭，看看我，「細漢的時陣，佇咱厝、我用手推車幫汝推豬糞肥、推牛糞土，從來無講一聲臭。阿兄，汝講有影嘸。」

「有啦，有啦。我知影汝繪嫌啦，講起來真好笑，二套衫褲替換穿：熱天時，汗直直流，澹澹穿到乾，隔日攏嘛臭酸糊糊。」

「當兵真甘苦，衫褲無人補，暗時想無某。」她唸著兒時的童謠，而後哈哈大笑。

「細漢的時陣，對著老北仔唸的囝仔歌，汝攏會記得？」

「時間雖然過了真緊，但是細漢的事志，親像佇咱目睭前。有時，想起阿母無事無志打咱罵咱，心肝內真氣。想起阿母起狷後，打死阿爸，擱去吊死，心內也是真甘苦、真傷心。」她神情黯然地說。

「阿雅，過去的悲傷事志，莫去想伊，啥物攏是天意。一世人好歹攏註好好。」我安慰她說。

「講實在話，我接著你的電報佮批，傷心的目屎直直流，老師嘛幫我四處探聽，問船期、問手續；尚緊著十日後才有船返金門，手續擱卡歹辦。」她無奈地、也傷心地，「無法度返鄉送阿爸阿母上山頭，想起來目屎流。」

「大家攏知影汝的情形，𣍐怪汝啦。」

「咱這家口實在有夠不幸，一切攏怪這場戰爭。」

「想相最，講相最，無落用，啥物攏是命啦。」

我們已步出了車站，往右邊的騎樓緩緩地走著，港都的春陽嬌豔無比。騎樓下來往穿梭的人潮，讓我們不能併肩而行。

她走在前頭，三不五時地回頭看看我，或許深恐我這個「憨兵仔」走丟了。其實，這是她的多慮，無論訓練中心的打野外，裝校五天四夜的行軍，從未讓我迷失方向，何況是這條街道。

「阿兄，」她停下腳步，回過頭，「天氣實在真熱，我請你來去吃刨冰。」

「妳帶路，我請客。」我們相繼地移動著腳步。

「這是高雄耶。」她笑著。

「無管高雄、臺北，阿兄每月有新餉，汝抑佇讀冊，無管吃什麼，阿兄攏請會起啦！」

「我家己的心內真清楚，這幾年來台灣讀冊，用去厝內真最錢。」她不安地說。

「阿兄從頭到尾攏支持汝讀冊，用錢著用了有適當、有目的，才有意義。雖然以後咱無大牛、無大豬通賣，但是，我月月有薪餉，會儉起來予汝讀冊。汝安心讀，以後才有前途。」

「感謝阿兄，我會永遠記佇心肝頭。」她突然地拉起我的手，「有時我也會想起咱細漢的時陣，二嬸婆講過的話。」

「啥物話？」沒等她說完，我搶著說。

「伊講咱大漢會使『做大人』。」她輕聲說。

「三八，」我笑著輕擰了她一下手，「老伙仔閒仙仙、愛講笑，汝莫記佇頭殼內。」

「阿兄，我是講真實哩！」她扯了一下我的手，認真地說。

「莫講三八話啦，阿兄有一個心願，就是照顧汝大漢，予汝讀冊，以後嫁一個好尪婿。」

她默默不語地，帶我走進一家不太起眼的冰果室。

「二位人客，要食啥物冰？」店家老闆娘走過來招呼。

「阿雅，汝來點。」我對她說。

「一碗清冰，一碗四果冰。」她對著店家說。又轉向我，「阿兄，先講好，汝食四果冰，我食清冰。」

「我知影，汝大漢啦，捌世事，好料的欲予阿兄食。」

她笑笑，甜甜的小臉綻放著一朵燦爛的紅玫瑰。是的，她是長大了，是大漢了，不再是提籃摘野菜、捲著褲管跟我上山撿番薯的小村姑。來到港都這個繁華的城市，已是不短的一段時日，是否這個開放的社會讓她早熟，是否少小離家與不幸的家境，培養出她異於常人的獨立性格？她的語辭，她的思維，所隱含的，或許遠超過她的年齡。當年，二嬸婆的一句玩笑話，我也向她解釋過，「做大人」就是「成親」。怎麼她竟把這句話放在心上，今天又無緣無故地提出來，果真她想過要與我這隻「青瞑牛」做「大人」？這是多麼不可思議的問題。我們雖然是異父異母，做大人並非不可以，也是很貼切的一件事，然而，她是我的小妹，是我情同手足、親如同胞的小妹，豈能兒戲。

「阿兄，緊食啦，冰已經變水啦！」她打斷了我的思維，「想啥物，想規晡？」

「想著咱細漢的時陣，想著阿爸、阿母扛去埋，阿兄一人哭仔無目屎。阿雅，阿兄目屎強強要滴落來，強強要滴落來……」我說著，喉頭一陣哽咽，目屎已滾下來。

「阿兄，汝叫我莫講過去，莫想過去，阮攏聽汝的話；以後咱著記耶，莫擱傷心啦。」

「好啦，阿雅。」我輕嘆了一口氣，「過去的事志，就予伊過去，未來才是咱需要追求佮把握的。但是汝毋通鱠記的，以後鱠使講起做大人的事志，咱兄妹講講笑鱠要緊，予別人聽到，會笑死，知影嘸！」

「是，阿兄。」她頑皮地舉起手，向我敬個禮，「以後啥物事志攏聽阿兄的話。」

「著，就是按呢，才是阿兄的乖小妹。好好讀冊，無管高中、大學，阿兄攏總負擔到底。汝知影，時代無相款，古早人講查某囡仔讀冊無落用，飼大別人的，這種觀念已經落伍啦。青瞑牛想要賺大錢、做大事志，實在是無可能、免數想。」

「感謝阿兄，我會認真打拼，好好讀冊，𣍐予阿兄漏氣。」

我們相繼地笑了，輕盈誠摯的笑聲，在這方小小的冰果室裡迴旋。以前的悲傷情事，彷彿一剎那間都離我們遠遠的，內心裡的陰霾亦由港都怡人的景緻所取代。

我們兄妹手牽手，漫步在愛河畔，低垂的柳樹向我們致意，潺潺的流水向我們敘述一個古老的故事。

我們兄妹相互扶持，攜手同登萬壽山，翠綠的林木，盛開的花蕊，讓我們心曠神怡。波濤洶湧的西子灣，令我們心胸更寬廣，精神更愉快。然而，這畢竟是異鄉的景緻，再美、再迷人，我們依然是過客，不是歸人……。

第十二章

緊張的生活，往往能讓人忘憂忘愁，忘了過去，更無暇想到未來。

助教對我來說，是考驗也是挑戰。一般的基本動作示範、武器的保養和操作，都難不倒我。然而，阿母撕爛我的書包，燒掉我的書，讓我成為一隻青暝牛，是我從軍報國以來，最大的遺憾。雖然，在阿雅的補習下，簡單的書信能讀能寫，政治課本多數也能理解，但仍然感到需要學習與充實的太多了。在同是助教的同志中，彼此的學識也相差無幾，誰跟誰學，還是個未知數。同是從軍報國，是唯一的共同點，其他的彼此彼此。

在一個偶然的機會裡，我認識了陸上的文書——武上士。他寫得一手好字，經常出口成章，我接近他的理由，當然是為了向他學習。他教我握筆運筆，也直接地告訴我，要先把字練好、寫好，再慢慢地求取知識與學問的增進。當然，我學習的精神以及進步的神速，都讓他深感訝異，也因此經常地被抓公差，幫他抄抄寫寫，刻刻鋼板、登記公文、油印名冊、報表。坦白說，這些文書工作，不是一位助教能輕易地學到的；甚至他要我像學生般地站在面前，背誦他送給我的唐詩，我並不以為忤，欣然地接受。他更不厭其煩地為我辨正、為我講解，讓我受益良多、獲益匪淺。公事上，我以武上士來尊稱他，私底下我誠摯地喚他武大哥。從我們體內衍生的是一道亦師亦友、如兄如弟的火花。當然，還熔入了一些革命情感。

武大哥是山東人，也是我們俗稱的「北貢」。十八歲隨國軍來臺灣，今年只不過三十郎噹，看起來比實際年齡蒼老很多，因為他長得高頭大馬、皮膚黝黑。據說他老家是望族，祖父當過縣太爺，自幼飽讀詩書，十七歲就已經完婚，但我不好意思再追問他從軍報國的理由了。

他三十歲生日的那天，巧逢是星期假日，他講好晚上在福利社的飲食部，請我吃麵。我不加思索地答允他盛情的邀約，並花了半個月的餉錢，買了一枝派克二十一型的鋼筆，刻上字，祝他生日快樂。

學校的福利社，它的規模可說不小，百貨、理髮、洗衣、照相、飲食、撞球、冰果……等，不必上街，學員們可就近消費，遇到假日，生意更是興隆。飲食部吵雜的人聲、熱鬧的景象，猶如滾滾沸騰的「酸辣湯」——五顏六色、五味雜陳。

「米粉嫂仔，來二碗米粉湯。」

「米粉嫂仔，來一盤豬頭皮。」

「米粉嫂仔，來五十粒水餃。」

「米粉嫂仔，來三十粒鍋貼。」

「米粉嫂仔，來一盤炒米粉。」

「米粉嫂仔，來一碗豬血湯。」

被喚米粉嫂仔是一位親切隨和的小姐，她的長髮紮成一束馬尾，圓圓甜甜的臉，不像蘋果倒像新竹名產——紅柿。我與武大哥站著看了好一會兒熱鬧，才在一個不起眼的角落坐下。然而，我們並沒有高聲叫喊。武大哥雖然長得粗壯，但卻有長者溫文儒雅的風範。他用桌上的紙筆，點了好幾道菜，外加一瓶烏梅酒。

「米粉嫂仔，來一盤米粉炒豆腐。」

一句玩笑話，引起滿堂的爆笑聲。米粉嫂仔收起笑臉，向聲音來處白了一眼，低聲罵了一句：

「三八兵！」

坦白說，今天是我第一次來到飲食部，「兵仔飯」實在比家鄉的「安脯糊」強多了。我不但能適應，也可說飽食三餐。饅頭、稀飯、麵條、米飯，讓我成長，更讓我茁壯！因而，我深深地感受到選擇從軍報國這條路是對的、是正確的！如果不是武大哥的生日，我鐵定不會來到這個地方。更不可能見到像米粉嫂仔那麼令人喜愛的查某囡仔。

跑堂的小妹陸續為我們端上菜，武大哥為我倒了一杯烏梅酒。

「武大哥，」我端起杯，「祝你生日快樂！」

他舉杯喝了一大口，而我隱約地感受到他緊鎖的眉頭，似乎有一股淡淡的輕愁。今天是他的生日，理應高興，然而，生日亦是母難日。是否讓他少小離家的離愁湧上心頭？

「老弟，謝謝你送我派克鋼筆。我會好好地珍惜，留下做紀念；就像從家鄉帶出來的八三六一鋼筆，一直保存到現在，捨不得拿出來寫。惟恐筆尖磨鈍了，寫壞了。」

我點點頭，默默無語地點點頭。

「有時我取出，寫下幾行，解解鄉愁、想想爹娘；有時我無言地面對它，想想怎麼那麼幼稚地被騙上賊船。」他聲音低低地，含著些許無奈、含著些許悲憤地說。

「武大哥，」我輕聲地，「不能講，不能再講，什麼都不能講。我們吃麵吧。」

他眼眶紅紅地點點頭，粗壯的漢子，亦有他柔性的一面。只是此時此地，這個年頭，這個時刻，不容許我們做題外的表述、不容許我們有革命情感以外的發洩。他應該比我更清楚、更明白、更能控制住自己的情緒才對。

他已喝了不少酒，而我只淺嚐甜甜的烏梅酒香，飲食部吵雜的人聲也逐漸地散去，清靜讓我們吃下更多的菜餚。米粉嫂仔笑咪咪地走來。

「武班長，」她嬌嗔的聲音，讓人倍感親切。「還要加點什麼菜嗎？」

「米粉嫂，坐、坐、坐下。」武大哥高興地、「妳真像俺家裡的小妹子。」

我站起身，從桌下拉出椅子，她無拘無束、毫不扭捏地坐下。

「武班長，米粉嫂是那些三八小兵叫的，既然我像你家的小妹子，你就叫我小妹吧。」她坦誠地、也正經地說。

「行、行、行。」他興奮地，「妳是俺的小妹了，俺是妳的大哥。」

我陪著他們開心地傻笑著。

「這位小班長沒見過，」她看看我，又看看他，「是新來的吧！」

「米粉嫂仔，我是武大哥隊上的助教，金門人啦。」我含笑地面對她，自我介紹著。

「金門人？」她訝異地，「金門即陣有打砲嘸？」

「有啦，零零星星，無前幾年的激烈。」

「汝是驚打砲，才跑來臺灣當兵？」她好奇地問。

「毋是啦，」我笑著，「阮是從軍報國，準備隨武大哥反攻大陸啦！」

我們開懷地笑著，在臺灣住了十餘年的武大哥，當然也聽懂我們的談話，也跟著哈哈大笑。

我為她倒了一小杯烏梅酒，再舉起自己的酒杯說：

「米粉嫂仔，我敬妳一杯燒酒……」

「等一下、等一下。」沒待我說完，她卻阻擋著我即將靠嘴的酒杯，「我已經講過，米粉嫂仔是彼三八兵仔叫的，汝以後若叫我米粉嫂，我就叫汝安薯兄！」

武大哥和我都被這突然的幽默笑彎了腰。

「好、好、好，」武大哥笑聲未減，「米粉嫂配安薯兄，天生的絕配！」

只見一抹彩霞從米粉嫂臉上飛過，她不再說話，我也有些靦腆。

「有緣呀！有緣呀！」武大哥舉起杯，高興地，「咱們就喝下這一杯吧！」

我分了三次，才飲下那杯甜在嘴裡的烏梅酒，而她卻豪爽地一口乾杯。我的確不知她的來頭，也不知她的酒量。她時而站起，時而坐下，時而來又去，好像真的與我們結了緣，不願意分開似的。然而，武大哥的生日隨著夜黑的來臨而過去。我們必須離開這裡，同在這方土地上，有緣必有見面時；無緣咫尺難相見。

微醺的武大哥，感性地向她揮揮手，說了一聲：

「小妹子，再見！」

我鼓足了勇氣，依然說不出一聲——

「米粉嫂仔，再見！」

而她卻大方地搖擺著手，不停地說著：

「再擱來，再擱來，再擱來！」

在夜燈的映照下，我更清晰地看見一對烏黑的大眼，閃爍著迷人的光芒，紅柿似的雙頰，印著醉人的標誌。

那晚，我失眠了。

我想念著米粉嫂仔，想念著她的一顰一笑，想念著她美麗的容顏、悅耳的聲韻……。

第十三章

我實在沒有膽量告訴武大哥，我經常想念著米粉嫂仔。飲食部雖然是公共場所，有錢就有權去消費；但我微薄的薪餉，必須供給阿雅讀書，以及每月固定支出的一些日用品費，所剩並不多，所餘也有限。雖然好久沒去飲食部，也沒見過米粉嫂仔，但從武大哥口中，我打聽到她爸爸是退伍軍官，也是北貢，媽媽是在地人，燒得一手好菜，炒煮米粉更是拿手。自從包下學校福利社的飲食部，更以物美價廉的新竹名產——「米粉」為招牌，吃樂了學校的幹部和學員，對她們這位長得清純秀麗、服務親切的掌櫃兼跑堂的女兒，也給予很高的評價，並賜予她一個綽號——

米粉嫂仔。

據說她並沒有排斥、也沒有不悅，欣然地接受這份「尊榮」，追求她的三八兵仔，每個中隊都有。米粉嫂仔還沒有一個看上眼呢！因此，我更想念米粉嫂仔，說不定我比別人幸運，能獲得她的青睞。我總是那麼地想著，艙見笑地想著——

安著兄配米粉嫂。

武大哥似乎已洞察到我的心理，經常有意或無意地提起米粉嫂仔的一些小事。我不但洗耳恭聽，而且是聽得津津有味。然而，我並沒有再跨進飲食部一步，就讓這份相思隱藏在我青春時期的心靈裡吧。

接到晉升中士的任官令，內心的喜悅難以形容。我不但升了中士，也由助教晉任分隊長，與阿雅免試保送高中，可併稱為雙喜臨門。然而，對於這份喜訊，我並未張揚，也很低調；國家的中士多得很，多我一個，少我一個，反攻大陸的口號不變。令我興奮的是每月可多領三十元的薪餉，而且會隨著物價的指數，逐年調薪，長年累積下來，是一筆為數可觀的金額。我會妥善運用和保管，絕不輕率地浪費一分一毫。

為了感謝武大哥平日的教導，也讓他分享我晉任中士分隊長的喜氣，請他小酌一番是人之常情，過於吝嗇是小氣，不是節儉。我們約好星期六在飲食部晚餐。然而，午後的天空卻烏雲密佈，淅瀝淅瀝地下起雨來了；連下好幾個鐘頭，似乎沒有停的意思。我們哥倆依然前來，只是飲食部裡面，沒有上次來時那麼地熱絡，當然與這場雨有絕對的關連。

「嗨！武大哥，好久不見。」米粉嫂仔看見我們，高興地叫著，「還有你，金門的安薯兄。」

「米粉嫂仔，真久無見面啦，汝好！」我禮貌地向她點點頭。

「我直直想，是毋是阮煮的菜無合汝的口味，無愛來啦。」

「毋是啦，我沒吃點心的習慣，無事志歹勢來看汝，予人講閒話，就無意思囉！」她點點頭，笑笑。或許認為我言之有理吧。

「武大哥，這邊坐。」她引導著我們，在一張小圓桌旁停下，並為我們拉出椅子。而後說：「吃點什麼？」

「小妹子，」武大哥含笑地對她說：「他今天升了中士、當了分隊長，今晚不但請我吃飯，也請妳，起來坐坐，妳就賞個光吧！」

「真的！」她訝異而興奮地伸出手說：「恭喜、恭喜、恭喜汝，安薯兄。」

我不加思索地握緊她的手說：

「多謝、多謝，多謝汝的照顧，米粉嫂仔。」

久久，我似乎忘了要把她的手鬆開。我好想永遠地把她握住，緊緊地、永不鬆開地把她握住，而且還要抓住她的心呢！我竟那麼地袂見笑想起這種事。我趕緊把她的手鬆開；而此刻的鬆開，是否表示以後要把她握得更緊。我怎麼又想到這種袂見笑的事呢？

武大哥對烏梅酒好像情有獨鍾，他告訴我，老家有一種酒，類似烏梅，甜而可口，但飲多了，照樣醉人；或許，飲下烏梅酒讓他想起家，除了爹娘，還有新婚的娘子。如今，來到臺灣已經十餘年了，音信杳如黃鶴，一天盼望一天，時時夢想著要反攻回去，而故鄉卻在遙遠處。這或許是他多喝了二杯的唯一理由吧。

米粉嫂仔真的很賞光，在我身旁坐了下來。的確，今晚的飲食部實在很冷清，難得她有一個喘氣的機會，竟陪著我們，東南西北地閒聊。我發覺她除了漂亮，也很健談，酒量也比我好；談久了，才深深地感覺到，我樣樣不如她。如果說比她行的，就是我的中士軍階和分隊長的職務，其他一切，我必須向她學習和討教。

「米粉嫂仔……」我還沒說完。

「等一下、等一下。」她搖著手，「我姓孫，名美鳳。以後叫我美鳳就好，莫擱叫米粉嫂仔，知影嘸！」

「知啦，知影啦！米粉嫂仔是『三八兵仔』叫的，我以後毋敢叫啦！」

「知就好，有聽話，以後才會疼汝。」她說著，說著，自己卻摀著嘴笑了起來。

「美鳳仔，汝的口氣親像阮大姊，真敢死喔！」我指著她笑著說。

武大哥也聽得哈哈大笑。

「妹子阿，」武大哥喚著她，輕聲地說：「向妳老爸請個假，叫安薯哥請妳看場電影。」

「武大哥，不是我不願意，外面下大雨呢。」

我傻傻地笑笑，不敢說什麼，必須為自己預留一個下臺階；反正是他們一唱一和，成與不成，我除了臉紅，不必負任何的責任。當然，我砰砰跳動的內心，是非常地感激武大哥的，因為他替我製造這個心想又不敢夢想的機會。畢竟，他走過人生歲月的青春期，能理解一位年輕人的心理，更能深入了解年輕人心想而說不出口的話題。

「這點雨算什麼？」武大哥說，「風雨生信心嘛，難道安薯哥會讓妳淋雨？」

她看看我，靦腆地笑笑，而後大聲地對我說：

「黃志明，汝敢請我來去看電影？」

霎時，我的雙頰一陣滾燙，風雨並沒有讓我生信心，我有些膽怯。膽怯讓我不知所措，不知如何來應對。

「敢，當然敢！」久久，我終於說出了這句話。

「好，有氣魄，」她豎起了姆指，「經過戰爭的金門少年，讚，蓋勇敢！」她說完，隨即站起身，「汝稍等一下，我換衫馬上來，」又轉頭對武大哥說：「武大哥，你可不能先蹓，我請你們二位看電影。」她說完轉身快步走。

「老弟，」武大哥站起身，「美鳳是一個漂亮乖巧的好女孩。當機會來臨時，你要把握住，不要平白失去一個美好的機會。」他移動著腳步，「我先走了。」

「你真的要走？」我緊張地。

「今天升官的是你，又不是我。」

我無言地笑笑，目視他的背影，消失在雨中的長廊盡頭。

她的腳步像春燕般輕盈地走來。

「武大哥呢？」她東張西望，而後柔聲地問。

「先走了。」我答。

「這個老仙角，」她笑著，「毋知佇變啥物齣頭？」

然而，武大哥變的是什麼齣頭，我們彼此的心裡有數，他不是變齣頭，也非耍花招，而是為我們製造機會。

她不僅換上一襲簇新的衣裳，也化了淡妝，襯托出她清麗的容顏、端莊的氣質。我很高興能和她走在一起，但不知該靠近她的左邊還是右邊，該為她撐傘，還是躲在她的傘下。我竟然一點概念也沒有，也沒有一絲兒主見。在這男女即將互放的電波裡，彷彿是一個傻瓜，毋寧說是一個白癡還恰當。

步下長廊的臺階，她撐起花傘，交給我。右手輕輕地挽著我的左手臂。我內心的發電機組已啟動，電波已在我的體內流竄。一股淡淡的幽香，一陣陣清爽的髮香，我陶醉、我沉醉在異鄉的雨夜裡。

「汝來台灣做兵，做幾冬啦？」她輕聲地問。

「從新兵訓練中心、裝甲兵學校算起，已經三年外啦。」

「父母攏佇金門？」

「攏過身啦。剩我佮一個小妹，伊佇高雄讀冊。」

「歹勢、歹勢。我問相最啦。」

「𣍐啦，世間有生也有死。生死攏是正常的事志，怪我家己的命運歹，無父擱無母。」

「莫講傷心話啦，今仔日我真歡喜佮汝湊陣做朋友。」

「我也真歡喜，人佮人湊陣，是一種緣分，毋是用強迫的。」

「著。人佮人做伙，著實實在在，毋通彎彎空空。我毋是一個見人好的查某囡仔。」

「我知影啦。武大哥經常歐佬汝，講汝乖擱媠，純情擱搰力，對人客氣有禮貌，將來啥物人娶著汝，一定真福氣！」

「武大哥歐佬啦，其實人會隨環境改變，有人變好，有人變歹；有時話毋通講相早，到時若變成一個赤查某，啥人娶到我，註定歹命一世人。」

「人若呆，看面著知，親像汝這款純情擱有禮數的查某囡仔，無可能會變歹。」

「真歹講喔！」

談著，談著，不自覺地已走出了大門口。我輕輕扶著她的手，上了三輪車。雨勢依然猛烈，車伕放下擋雨的帆布簾，我們同坐在漆黑的車廂裡，不太寬闊的坐位，讓我們青春火熱的身軀時有碰撞的機會，我情不自禁地把手輕輕地放在她的手背上，她沒有拒絕，反而翻過手心讓我握住，讓我緊緊地握住。我看不見自己的臉是否微紅，只感到它的熾熱、只感到一顆如火的心，砰砰地在跳動，而就在那短短的一瞬間，三輪車已停在戲院門口，車伕掀開布簾，也終止我們美好的行程。

我付了車資，搶先到售票處，獨家放映、別無分號的電影院，讓我們沒有選擇的餘地。我們觀賞的是戽斗和矮仔財主演的「王哥柳哥過新年」，這部爆笑的臺語片，似乎不能打動我們的心，也不能讓我們全神貫注來欣賞。唯一的是她微偏的頭，讓我感到窩心，讓我再次地沉醉在那淡淡的少女幽香以及撲鼻的髮香裡。中間的扶手，有我們手心與手背的重疊，椅下有我們雙腿相互的碰觸，這是一個多麼美好的時刻，但願戽斗和矮仔財有過不完的新年，讓這齣戲能繼續演下去，直到地老天荒……

第十四章

逐漸地，我與美鳳已成為很好的朋友。

這件事能順利地進展，是武大哥為我們創造的機會。因此，凡事我總得向他報告報告，他也為我出了不少的力氣和點子。

米粉嫂仔乎人杷去囉

經常在飲食部消費的學員和幹部們，幾乎人人知道米粉嫂仔已是名花有主；然而，並不影響她的生意。依然是門庭若市，生意興隆。「燒燙燙」、「芳絳絳」的米粉，依然令人垂涎、依然人人叫好，或許米粉嫂仔的體香再怎麼香，遠不如真正的米粉香，因為真正的米粉香，人人能吃得到、能聞得到。而她的體香，只有我聞到。

「若是等武大哥的生日再見面，若是等你升了上士再相逢，安薯兄仔，啥物攏相晚啦。知影嘸？」

她的提醒給了我很多的信心和希望。然我並沒有在她忙碌時，做一隻纏人的哈叭狗、一條人人欲誅之的跟屁蟲。在武大哥的鼓勵下，我在閒暇時或假日，走進熱氣騰騰、油煙彌漫的廚房，幫忙洗碗盤、剖蔥洗菜、掃地清水溝，這些事做來駕輕就熟，我非常感謝死去的阿母，如果沒有她以苦毒代替調教，我學不到這套現在可派上用場的本事。孫伯伯、孫伯母對我更是另眼相待。說來也好笑，我堂堂陸軍裝甲兵中士分隊長，在這裡洗碗盤、清水溝。然而，我做得心甘情願、無怨無悔，也感動了美鳳的心，愛的電流正式由我們體內，迸發出熾熱的火花。

孫伯伯是少校副營長退役，他的慈祥替代了威嚴。雖然與孫伯母的年紀相差很多，但他們相親相愛、相互包容，除了美鳳，還有一個讀初中的弟弟。雖是老夫少妻，但卻營造出一個幸福的家庭。看到這幅情景，童時的遭遇、不幸的家庭，都一幕幕地掠過我的腦際，都一遍遍地在我內心裡激盪。

我在他們家中，逗留最久的是在周末能外宿時。飲食部打烊後，他們會回到離學校不遠的住家。我儼若他們家中的一分子，也跟著回來。孫伯母會煮點稀飯，炒幾樣小菜，讓孫伯伯小酌一番，她的面面俱倒，讓少小離家、老了還回不了的孫伯伯倍感窩心。如果時勢不變，孫伯伯在臺灣長眠的機率遠勝反攻大陸，這也是他酒後常嘆氣的主要原因。

他的酒興與武大哥不同。武大哥喜歡甜甜的烏梅酒，而且是一杯三二口，就清潔溜溜啦；孫伯伯喜歡高粱酒的醇香，而且是淺嚐細品，往往是輕輕地啜上一小口，含在嘴裡久久才吞下，而後微微地吐出一口氣。起初，看到如此飲法，內心實在有一股難以言喻的滋味，久了、才深深體會到他老人家是——

嘴中含著酒
心想故鄉事

他直言不諱地說是糊裡糊塗地跟著來的。與武大哥被騙上船，有異曲同工之趣。當然，許許多多較敏感的話題，我們都盡量地不談起、不涉及，這畢竟是一個不一樣的年代；酒喝多了、喝醉了，總有清醒時，話說多了、說偏了，隨時有牢獄之災。白色恐佈與身邊的落彈，同樣讓人粉身碎骨、膽顫心驚。我們都同感：這是一個非常時期，整軍經武是為了反攻大陸，謹言慎行是防止敵人的滲透，它也是政治課最後的結論。

那晚，我們圍在一張小圓桌，彷佛是吃團圓飯般地，熱鬧滾滾、孫伯伯多喝了二杯，我們也盡了興，而正當孫伯母先回房休息，美鳳去洗澡時，他卻悄悄地告訴我：他是在回鄉無望的狀況下，在即將退伍的時候，經人介紹入贅孫家。那時，美鳳的父親剛去世不久，母親擺了一個小小的米粉攤，想不到背叛祖宗，改了姓後，卻換來後半生的幸福。人生的際遇，實在讓人難以預料。孩子們跟著他，即不愁吃、也不愁穿，為他們蓋的這幢房子，雖不華麗，卻也能遮風蔽雨……。

「孫伯伯，」我輕聲地，「那你本姓……」

「王，王孫的王。」沒待我說完，他逕自地說。

「你在老家娶過親嗎？」

「我的大女兒比美鳳她媽小三歲。」

「一切都怪這場戰爭，讓人妻離子散、家破人亡。」

「落葉既然不能歸根，就任它到處飄揚吧！」他感傷地說。「不過，我倒要提醒你，志明，這片土地並沒有我們的腳烙印。我已年老，你卻力壯，有一天，你必須帶著美鳳，回到你的家鄉。」

「是的，孫伯伯，人從那裡來，必須回歸到來時地。雖然它曾經讓我傷心失望，但，畢竟是我的家鄉，我沒有遺棄它的理由。」

「不錯，在小時候，你曾經吃盡了苦頭，但此刻你卻已經長大，心存的不該是童時的夢魘、戰爭的恐怖。雖然，你在這片土地上已找到愛，也重溫家的溫馨。可是，孩子，人，貴在不忘本。你的家，雖然必須重整；但比我有家歸不得，強多囉。尤其在軍中，一位士官的發展潛力是有限的。我走遍大江南北、剿匪打游擊，吃足苦頭，戰功無數，幾句牢騷話，竟被一萬四千八給打發走了，我能無怨，我能無恨！因此，我只冀求在這塊土地上有一個家，改了名，換了姓，也在所不惜。孩子，你是幸福的：因為你年輕，你的前途是在家鄉，而不在軍中；是在海的那一邊，而不是我們腳踏的土地上。」

我點著頭，不停地點著頭。一股思鄉的情愁，也油然而生。孫伯伯又為我斟上了一杯酒。我一口飲下，飲下一杯思鄉酒。

美鳳回到大廳，孫伯伯卻走回房裡。窗外的月兒高高掛，洩滿一地的銀光。她穿著紅花白底的睡衣，緊緊地裹著一個美麗而豐滿的胴體。我的目光不停地在她身上巡視著；從頭到腳、由上而下，從紅柿般的小臉、菱形的唇角、高挺的鼻樑、彎彎的眉毛、烏黑的眼珠；而後，我夢想著睡衣裡，二顆隨著呼吸而起伏的紅蘋果。終於，酒精燃起我心中的青春慾火，我們牽手走進她的小房裡，輕輕地掩上房門，緊緊地閂牢，赤裸的身軀重疊在單人床上，我們繾綣纏綿，纏綿繾綣，床板微微的震動，美鳳急促的氣喘，我的慾火已燒熔了她的童貞。她緊緊地抱住我不放，我更沒有起身的意願。

我們繾綣，永不後悔。

我們失去，也同時獲得。

這是一個多麼美麗的月夜啊……

醒來時，我依然感到激情過後的歡怡，挺在我胸前的，是一對熟透了的紅蘋果。我用手輕輕地撥動、輕輕地撫摸；我用舌輕輕地吮吸。

「阿明，」她緊緊地抱住我，「我規身軀攏予汝啦，汝毋通變心，知嘸！」

「美鳳，這是咱人生的第一遍，咱兩人已經融合成一體，我𣍐變心，永遠𣍐變心，永永遠遠愛汝一人！」

「阿明，我嘛愛汝，我嘛愛汝。我等這個時刻，已經等真久啦。」

「已經半暝啦，美鳳，我看我應該返宿舍睏，即項事志若予阿伯阿姆知影，會罵死！」

「免驚啦，阿爸阿母對汝的疼惜是無話通講，咱二人結婚是早晚的事志。免驚啦。我毋予汝走，我毋放汝走！」她把我抱得緊緊的，又不停地在我的臉上狂吻著。

「美鳳，我的小寶貝，」我俯在她耳旁，低聲說，「我毋走，我欲共汝攬條條，佮汝睏規暝，做馬予汝騎。只要汝歡喜著好。」

她輕輕地鬆開手，撫摸我的頭，舔著我的唇，吻著我的臉，也重新點燃我們青春的慾火。於是，熊熊的火焰在夜中燃燒，燒紅了二顆純潔的心靈，燒紅了夜的寧靜、燒紅了原本青澀的愛……。

第十五章

歷經那夜的纏綿，我們的付出是無怨無悔的深情。如依傳統的道德來衡量，我們的行為已逾越了它的指標、違背了傳統道德；但我們內心裡依然有一股尚未熄滅的青春火焰燃燒著，永永遠遠不會冷卻、永永遠遠不會冰凝。

我們的深情。

我們的親密。

我們的纏綿。

我們的激愛。

孫伯伯和孫伯母都是視而不見，從未橫加阻撓。或許我們是人間最幸福的一對，我們的愛已受到他們的鼓勵和認同；步上紅毯已近在眼前，我將在異鄉組織一個甜蜜幸福的小家庭。然而，我此刻身處的卻是在從軍報國的行列中，種種的規定和法令，逼迫我在人生的十字路口上，做最後的掙扎和選擇。

「我舉雙手贊成你期滿退伍。」孫伯伯理直氣壯地，「一個小小的士官，除了他不想成家、不想生兒育女、不想自己開創一番事業，只想混日子等反攻大陸，才待得下去。依你的勤奮和幹勁，無論在社會上從事那門子行業，只有成功，不會失敗；更讓人羨慕的是『年輕』，它是你邁向人生另一座高峰的最大本錢！」他微嘆了一口氣，「想當年，我放棄學業，滿腔從軍報國的熱血，跟著南征北伐，喊著殺敵滅匪，立過多少功，得過多少勳章；如今，歲月奪走我的青春，故鄉離我愈來愈遠，滿腔的熱血已在內心裡冰凝，反攻大陸的口號在腦海裡，幻化成一道美麗的彩虹；我的一生，被無知和理想所擊敗。孩子，我是過來人，理想與現實總是有一段差距的，我期望美鳳有一個好的歸宿，也期望你退伍，重新規畫新的未來，建立一個幸福美滿的家庭、開創一番事業。」

「孫伯伯，謝謝您的開導和期許，雖然我在軍中獲得許多寶貴的經驗和知識，也在它的懷抱裡成長和茁壯；但國與家依然在我心裡充滿著矛盾。政治課本裡一些不實際的教條，與軍中一些不成文的陋規，往往讓人產生一種非理性的排斥感。從小，我在一個不幸的家庭中成長，長大後，更渴望一個溫馨的家，因而我與您有志一同，決定選擇退伍。但退伍並非代表著我們不愛國，在社會上盡一已之力，也是報國；並非要『從軍』才能『報國』。孫伯伯，您說對嗎？」

「對、對、對！」他興奮地，「你的想法，比當初的我，簡直成熟得太多了。」他頓了一下，而後又說：「試想一個中士，一個月百來元的薪餉，能養活一個家嗎？如果有不良的煙酒嗜好，更是入不敷出呀，別想要養家活口了。」

「我也贊成汝退伍，」美鳳也認真地說，「爸爸媽媽攏著歇困啦，以後生意換咱來做，相信……」

「相信以後的生意，米粉嫂仔會贏過米粉婆仔。」沒等她說完，我搶著說。

「三八兵！」她白了我一眼。

兩位老人家也樂得哈哈大笑。

「時機的變化真歹講，」孫伯母幽幽地說，「福利社毋是咱長久經營的所在。恁攏少年，目睭著看卡遠耶，跤著踏實地，將來毋驚無飯食。」

「阿明，」孫伯伯叫著我，「坦白說，金門已日見清平了，臺灣並不是你們的久留之地。一旦結了婚，有了經濟基礎，我還是希望你帶著美鳳，回到自己的家鄉，用你們的雙手重建家園，用你們的雙手，在自己的土地上開創基業，唯有如此，才對得起歷經苦難的老祖宗。」

「謝謝您再次地提醒：雖然苦難的時代，不幸的家庭，讓我近鄉情怯，但我始終沒有忘記，從什麼地方來，必須回歸到那片土地的心志。」我說完，轉向美鳳，「若是有彼日，美鳳仔，汝願意佮我返金門？」

「安心啦，阿明，俗語話講：嫁雞隨雞，嫁狗隨狗。嫁汝這個三八兵，當然嘛愛隨汝返金門。」她笑著說。

「按呢尚好，」我笑著，「將來咱佇金門開一間『米粉嫂仔小吃店』，汝做頭家，我做頭家的尪，好嘸？」

「好、好、好，當然嘛好。三八兵愛講三八話，嫁汝這個安薯尪，毋知是幸？抑是不幸？」

「當然是幸。汝𣍐記的武大哥講過『安薯哥配米粉嫂』真合無比！」

「講笑規講笑，結婚以後毋通變款，著相親相愛，互相疼惜；互相體諒，快快樂樂、平平安安過日子，人生才會有意義。」孫伯母聲音低而認真地叮嚀著。

「阿姆，汝放心啦，阮二個毋是三歲囝仔，是真心相愛，毋是佇搬囝仔戲。退伍結婚後，我會擱卡打拼，予美鳳仔過一個幸福快樂的好日子，抑會友孝恁二個老大人。」我回應她說。

「雖然話說早了惹人厭，但幾個月軍旅生涯很快就結束了。新的未來也將是你接受挑戰的開始，多接納別人的意見，並不會矮化自己，反而盲目地一意孤行，是邁向成功的致命傷、絆腳石。孩子，老人言，父母心，希望你們牢記在心頭。」孫伯伯感慨地說。

我們都同時地點點頭，也點出我此刻的茫然。雖然我慶幸要退伍了、要結婚了；但未來對我來說，依然是一條無盡頭的大道。我的智慧、我的耐力、我的知識是否能通過考驗，逐步邁進，還是停滯在原地，徘徊在人生路途的十字路口，期望著善心人士的施捨、等待著旁人來接引、來扶持。

雖然長官再三地挽留，並承諾讓我佔上士軍械士的職缺，同時也語帶警告地說：社會並非如想像中的美好，無錢、無財、無技、無勢史難立足；何不在軍中，盡一已之力，替國家做點事，軍中的溫暖，人人皆知，社會的冷漠，處處可見。長官要我慎重考慮，三思而行。然而，我堅決的意志，毋須再三思，成敗亦會由自己來負責。

武大哥說：「如果你的思想還停留在當初從軍報國的思維裡，老弟，你就不必退，留下來吃公家、穿公家，每月還有薪餉可領，更可報效國家。但這條路是狹窄的，絕對不會比其他路途更寬廣。當初我懷抱著希望一路走來，在轉瞬間，已到了盡頭。家，歸不得；前途，已無亮。到後來，只能在這個美其名的大家庭中原地踏步，其他的，我又得到了什麼，獲得了什麼？如果說有，那便是——

兩鬢雪霜，

滿臉溝渠；

一顆蒼老的心……」

「武大哥，坦白說，這幾年的軍旅生涯，唯一讓我收獲最多的是認識了你。無論學識、為人處事，都蒙你不厭其煩地教誨。甚至也因你而認識米粉嫂仔；你的邊鼓更敲響了我們的喜訊。或許有一天，我會把她帶回金門。」我說。

「志明，咱們哥倆不必客套。你的確已經長大了，知道人生的方向該怎麼走。你的家鄉雖然被無情的砲火摧殘和蹂躪，父母亦已雙亡，但人的感情，並非來自一個完美的家園，你在那片土地，從小就已衍生出一份無可取代的鄉土情懷。你的想法讓我感動，希望有一天，我能到金門找你，好讓我站在太武山頭，遙望歸不得的故鄉……」他說著說著，卻紅了眼眶。

從孫伯伯與武大哥的言談中，一個有家歸不得的人，他內心裡是多麼地悲淒和無奈。當然，我們清楚，我們也明白，是國共對峙引爆的戰爭，而禍首是誰？該歸罪於單方或雙方，兩岸史學家的定論，或許是站在二個不同的極端，各說各話，各彈各的曲調，身為百姓、身為極權下的順民，無聲勝有聲，並不代表著我們的無知和愚蠢；往往它能保身、保命，又保平安！

我雖滿意自己的抉擇和計劃，但往往有許多事並非如我們想像的那麼簡單：層層長官的約談和勸說，在他們眼中，或許一位優秀的領導幹部，不是三年五載可養成，未來的繼任者，無論在通識或專業的領域，不一定能與他們的理念相吻合，也不一定能達到他們的要求。因此，能勸說年輕的老幹部留下，雖不能說是為國舉才，但至少養兵千日，天天可用，不必再浪費國家的資源來培訓。況且，老幹部為老長官賣命，也是應該的。只是，有時落得有功無賞，打破要賠的不幸局面。長官自身已難保，夢想在他庇蔭下求生存。基於此，我數度婉拒長官要我留營的美意；如果社會上沒有我的立足處，如果我被摒棄在歸鄉的大門外，我無憾、無悔、亦無恨……

第十六章

終於我退伍了。

五年八個月的役期，獲得四千五百元的退伍金以及五百元的服裝代金。我不清楚財務單位的計算方式，反正國家是不會「虧待」一位即將解甲歸田的陸軍裝甲兵中士的。這筆錢也是我此生見過拿過的最大數目；然而，我並沒有太大的興奮。一旦要離開這個袍澤情深的大家庭，才深感前途的茫然。

那晚，隊上在餐廳加菜歡送我。克難的桌上，擺滿了炊事班長拿手的佳餚，「紅燒獅子頭」、「梅干扣肉」，還有一條不太新鮮的「炸彈魚」。同桌的都是隊上的長官和領導幹部，還有武人哥，我們飲下好幾瓶米酒。

「老弟，」隊長有點微醺，「你是隊長最得力的助手，隊長實在有滿懷的不捨讓你退伍，如果不能適應外面的環境，歡迎你再回來。」

當然，我知道「軍中處處有溫暖」，這句話不是口號，也非教條；是在我飲下酒、是在離愁上心頭時的感受。我強忍下欲滴的淚水，以酒來回應長官關懷的心意。我深知，外面的世界滿佈著陷阱；但在軍中，相對的，亦有不少同袍在陷阱裡呼喚。二個不同的體制，衍生的問題，相差無幾：高手段的壓抑，反叛的心愈強烈。人，貴在相互尊重、相互扶持，不是以職權、以惡勢力來炫耀自己的權力。在一個霸權的體制內，認識愈多、瞭解愈廣，愈感到寒心；想離開的腳步愈感急迫。只是，我此刻面對的是朝夕相處、情同手足的革命兄弟，與其他事件不能混為一談。

酒精燃燒著我們的革命情感，勉勵與期許，相互交加。武大哥關愛的眼神，平日的諄諄教誨，讓我每一條神經都充滿著感激，讓我每一個細胞都充滿著希望。

「來，老弟，」武大哥舉起杯，「今日痛飲退伍酒，明日再參加你與米粉嫂仔的結婚宴。乾啦！」他一飲而盡，用手抹了一下唇角。雖然我已不勝酒力，頭有些昏，有些不聽指揮地晃動著，然我卻不能不飲下這杯盈滿著兄弟情誼的美酒。如果醉在這個革命的大家庭中，似乎也是值得的；因為以後已沒有機會了。

「報告分隊長，」張助教未說先笑，「坦白說，你有沒有帶米粉嫂仔上過戰車？」

「隊長在這裡，」我看看隊長，直指著他，「那是不能開玩笑的，戰車基地是軍事重地，我怎麼敢把她帶上車。」

「全隊官兵都感覺到，你絕對有帶米粉嫂仔先上車的不良記錄。」何助教說。

他們時而正經，時而哈哈大笑，更讓我感到莫名其妙。

「再亂講，讓我退不了伍，你們兩個要倒大楣！」我疾聲地指著他倆說。

「報告分隊長，據情報顯示，米粉嫂仔的腰圍已變粗了，既然已上車，如不趕快補票，那是要記大過處分的，請分隊長三思。」張助教又說。

滿堂的爆笑聲，相互拍打的吵鬧聲，再如此下去，鐵定要把這組克難的桌椅壓垮。

「諸位同志，」我裝著鎮定地，「據醫務室檢驗報告指出，本中士分隊長到今天為止，依然是處男屬實。以下空白。」

大家更是笑彎了腰。

不錯，革命家庭有嚴肅的一面，亦有輕鬆的一面。今晚是我在此地最後的一宿。明日太陽東昇時，我將提著簡單的行囊，揮手向他們道別。陸軍中士在我的人生經歷將成為歷史，我也無權要調皮的小兵立正站好；反而日後他們上飲食部消費，我要向他們哈腰鞠躬又道謝，這或許是所謂向現實低頭吧；少校副營長退伍的孫伯伯都須如此，我一個退伍中士又算什麼？只要他們記得我，猶如記住米粉嫂仔美麗的容顏、端莊婉約的姿色一樣。但我實在不希望他們看到米粉嫂仔的腰圍變粗了，她是我心中永恆的處女。我們只不過是相互繾綣纏綿在一起，只不過是裸露著身軀重疊在張小小的單人床上，暫時的歡怡讓我們遺忘了傳統的道德，逾越應守的分寸，高標的道德準則，讓我們的心靈倍感沈重。我們只是做自己喜歡、自己負責的事，那有先上車，又何須補票！

我正式領教米酒的厲害：它讓我嘔吐，也讓我頭痛；它在我胃裡翻攪，也在我肚裡打轉。想不到中士最後的一夜，竟是如此地狼狽。

「報告分隊長，」何助教故意地消遣我，「明天是開戰車送你回去，還是請米粉嫂仔揹你回家！」

「何助教，」我的頭昏昏沉沉，竟連抬起來的力氣也沒有，「你給我立——正——站——好！」我痛苦地說完，又「嘔」的一聲，吐了滿滿的一大口。

我躺在床上躺在床上已不能動彈地，也不能像武大哥醉時喊著：我的媽啊！因為我已沒有了媽，也沒有了娘。人是否在他最痛苦的時候，才會想到親人，如果是這樣，我唯一想的只有妹妹阿雅了。我的退伍，也是她高中畢業時，她再三地婉拒用我的退伍金讀大學。而是選擇白天工作，晚上讀書的夜大。那幾仟元退伍金是我創業基金和「某本」。她的面面俱倒，讓我心生感動，無父無母的孩子，她們的思想是否較早熟，是否較懂事，時間會給我們答案；兄妹之情必能歷經考驗，何日再攜手同步歸鄉路……。

第二天酒醒後，我勢必要離開這裡，想多待一晚，依法已不能。我將暫時在孫家落腳，但也必須付出更多的代價，才免於被現實摒棄。憑著雙手獲取報酬，而非博取同情、接受施捨，這些粗淺之道，更能凸顯出自身的格調；人無格，猶如浮萍之無根，隨波逐流，任由歲月侵蝕和摧殘，這是何等的殘忍和悲哀呀！

依目前的狀況，我與美鳳的婚事，應不會受到外來因素的阻撓：孫伯伯和孫伯母待我如自己的子嗣，我們的感情也升溫到了沸點。喜事是近在眼前，絕不會遠到天邊。如果不退伍，這樁婚事不知須待何年：軍中有許多單行法規，一個小小的中士，必須受到年資的限制，不是你想昏了頭，就允許你結婚；一旦符合條件，必須再填具「軍人婚姻報告表」、「軍人婚姻輔導表」、「軍人婚姻調查表」，接受上級的輔導，接受安全單位的調查，一道一道的關卡，讓你慢慢等待，讓你想「呆」想昏了頭，到最後能不能核准，尚是未知數。就任由你們去「亂愛」吧。身在軍中，小由不得你私訂鴛盟，亂搞男女關係，時時刻刻更要注意匪諜就在你身邊。因而，我毅然地退伍。退伍後，不必經過申請，也毋須安全單位調查，很快就能與美鳳結婚。它換取我人身的自由，是否能帶給我光明的前途、美麗幸福的人生，那必須再歷經一段艱辛苦楚的歲月。我也願意承受心靈與肉體的雙重苦難，奮勇邁向未來，開創一條屬於我們的康莊大道。這不知是否我酒後的思維，想，比做容易多了。當我酒醒後，一道道的難題，一樁樁不如意的事，將逐一地呈現在我面前，讓我無以面對、讓我必須回歸幼稚的童年，一切重新開始，重頭來過。學習與思考並進，許我們一個只有歡樂沒有悲傷的新世界。然而，能嗎？往往我們所思，與現實的環境，相差著好長的一段距離。既然明日將離去，必須面對一個新的世界，過多的思索，卻有同等的煩惱，怎不教我流下一滴滴悲涼的淚水……。

如果真因酒醉而起不了身，美鳳她會來扶我回家去嗎？不，無論如何，我都得提起精神，我畢竟是受過正規軍事教育的陸軍裝甲兵中士，雖然解甲，但卻不能失態：抬頭、挺胸、雄壯、威武是革命軍人的軍魂。怎能像一隻病貓，無精打采地走在回家的路上。

夜已深了，窗外是一輪明月。月光照在寂靜的營房，卻穿不透我此刻落寞的心靈，今日的別離，明日將淪為此地的陌生客。黑夜已逐漸走向光明，迎我的必將是一地燦爛的金光。我將乘著希望的翅膀，越過高山和大海，向星光斑爛處飛翔……。

第十七章

拋棄童時的回顧和記憶，從軍與退伍，都是我人生歲月裡的一大轉捩點。雖然我很幸運，不必為三餐在外奔波，也不必為工作而看人家的臉色。孫家讓我體會到家的溫暖，但我並沒有因此而對工作有所鬆動；對二位老人家更侍之以禮、以孝，分擔了他們大部分粗重的工作，同時也向二老討教、學習烹飪的本事。我沒有忘記在家鄉常聽長輩說過的一句話：

「賜子千金，不如教子一藝。」

或許不管我們學的是那一行業，只要專精，必然能在這個社會立足，而父母留下再多的錢財，總有花完的一天。因而，我不敢有所怠慢，時時記住自己的身分；誠然，不久即將成為他們的半子，但我的工作態度、學習精神，除了博得他們的歡心和讚賞外，也相對地獲得美鳳更多的愛。

「我早就講過，我的目睭尚金，絕對𣍐看毋著人。」每次她在父母面前，總是很自豪地說，當然也給了我一些迷湯。

「查某囡仔，目睭金，才𣍐食虧。」孫伯母笑著說。

「阿明，」孫伯伯面對我，「你年輕，記性好，學得快又勤勞，學會了這一套，將來回金門，養家活口絕對不會有問題。雖然是滿身油污的小本生意，但利潤卻不差，只要安安分分、好好經營，你重整家園的美夢，不久即可實現。」

「謝謝您，孫伯伯。但願我的夢想能成真。」我由衷地說，「原以為只能以軍為家，想不到童時失去的，此時卻全部獲得：我不但擁有一個溫馨的家，也沐浴在雙親慈愛的春暉裡，美鳳的愛更讓我體驗出人生的另一層意義。因而，我非常珍惜現在，也會好好地把握住將來。」

「阮二個老的已經參詳好啦，」孫伯母說著，一絲喜悅的微笑掠過唇角，「今年入冬就會乎恁二個結婚。」

「真的？」美鳳雀躍地，興奮地靠近她身邊，握住她的手。

「查某囡仔，真𣍐見笑喔。」孫伯母笑著，用手輕擰了她一下臉頰。「看汝歡喜即樣，將來嫁尪了後，毋通共父母放𣍐記耶，知影嘸？」

「知啦，阿母，阮𣍐彼呢無良心啦。汝看阿明，伊嘛共恁當做家己的父母，來款代、來友孝。」

「阿母佮汝講笑啦。」她笑著輕輕地拍拍她的手，「汝好好想看覓，愛啥物嫁妝，阮攏會買予汝。」

「毋免啦，阿母。汝共我飼大漢，父母的恩情還未報，我𣍐使擱開喙討嫁妝。」

「美鳳，」孫伯伯笑著，「那不叫討，我與妳媽早就想過，這幾年來，妳對這個家的貢獻可說不小，小吃部有妳這位人見人愛的米粉嫂，不知多做了多少生意，不知多賺了多少錢，如果光憑我這個米粉公帶著米粉婆，那些小兵一看就討厭，不跑得精光才怪！」

「爸，怎麼您也說人家是米粉嫂仔，」她嗔嗔地說。

「米粉嫂這三個字，可比裝校校長的名氣還響亮，也打響了咱們家賣米粉的知名度。妳算算，一包米粉多少錢，一斤榨菜多少錢，肉與榨菜切成絲，可以煮成幾碗『肉絲榨菜米粉湯』。我們一碗又賣多少錢？坦白說，這幾年來，我們是靠賣米粉賺錢的，妳這個米粉嫂功不可沒啊！」

「如果有一天，我與志明回金門，那怎麼辦？」

「孩子，我與妳媽的年紀也不小了。人不能逞強，該退就得退，該休息就得休息。況且，這幾年除了吃穿，我們沒有亂花一分一毫，銀行裡的存款，足夠我們的生活費，以及妳弟弟的教育費，果真有那麼一天，只期望你們能在自己的家鄉，用自己的雙手，開創一番事業，其他的，你們就不必牽掛了。」

「是啦，是啦。」孫伯母說，「阮攏會替家己打算，毋免予恁操煩啦。俗語話講：船到橋頭自然直，時到時擔當，只要恁幸福，阮就心滿意足啦！」

孫伯伯點點頭，心有同感地點著微禿的頭，而後幽幽地說：

「時光過得很快，門外已見落葉飄零，彷彿冬天就快到了。你們的婚期就在眼前了，雖然這輩子回不了老家，但能在這塊土地上抱抱孫子，此生也無憾了。」

「孫伯伯，我能理解一位天涯遊子的心情。兩岸的對峙，或許不是短期內可解套，但必須要有耐心地等下去。」我安慰著他。

「等反攻大陸？」他中氣十足地反問我。

我笑了，不再以這個尖銳而不實際的問題來激怒他。

或許他在這塊土地上，等待這句口號的實現已很久了。然而，它畢竟只是虛擬的夢想。在他有生之年，是否能美夢成真？還是待來日神遊故國，他一直念念不忘，帶他們出來的人，曾經承諾要帶他們回去。只是歸鄉的路途愈來愈遠，歲月也逐漸地腐蝕他的身軀，人生還有幾個十年可等待？沒有人能明白，也沒有人知道，怎不教他倏然淚下。

結婚是人生大事，但對一位無依無靠、無產無業的異鄉人來說，是倍感悲哀的。我不敢有所冀求，只希望一切能從簡，但卻不能如我所願。簇新的傢俱，一件件地搬入房內，充滿著喜氣的龍鳳被褥、鴛鴦枕頭、大小細節，每一個行頭，都是孫伯伯與孫伯母親自張羅、親自打點、親自選購、親自擺設；我們倒成了一對啥事也不必管，等著入洞房的新郎和新娘。雖然，洞房對我們不再那麼神祕，但我們的心情，卻與一般人沒有兩樣，依然充滿著無限的喜悅和期待。

日期選定後，在舉目無親的他鄉，阿雅是我唯一的親人，雖然她遠在南部，白天上班、晚上讀書；但無論如何，她會趕來參加我們的婚禮，而且要帶著她的同學，也是同事的朋友一起來。如果我沒有猜錯，同行的一定是她的男朋友。我的內心裡也浮現出雙重的喜悅和興奮。無父無母的孩子，亦有長大的一天，我們是遇到貴人的相助，還是擁有獨立奮鬥的精神。不管是如何成長，感恩的心依然在內心裡長存：永遠不能忘記曾經幫助與鼓勵我們的親友們。

經過孫伯伯與孫伯母同意，我們選擇莊嚴隆重的公證結婚，喜宴擺設在離家不遠的「湘園餐廳」，我敦請武大哥做男方的主婚人，除了他，我深深地覺得，沒有更恰當的人選。

那天一大早，我穿上畢挺的鐵灰色西裝，打了紅色領帶，黃金打造的領帶夾、袖扣，手指上套著刻有孫美鳳三個字的金戒子，理髮師為我吹了最流行的「烏肉麻古」髮型，抹了丹頂髮臘，鏡子裡的我，已不是一個「憨兵仔」，而是充滿著朝氣、經過砲火洗禮的「金門少年郎」。

美鳳到美容院化妝未歸，阿雅與男友的恭喜聲，卻先來到。

「阿兄，伊是我的同學，林德清。」她為我介紹身旁的男友。

「歡迎、歡迎。」我緊緊地握住他的手，「阮小妹阿雅受汝的照顧真最，非常感謝。」

「阿兄，汝毋通按呢講，」他客氣地，「阮二人互相鼓勵、互相照顧啦。其實，阿雅捌的事志比我卡最，冊讀比我卡好，真最所在我攏著佮伊學習。」

「林先生，汝真客氣，我家已的小妹有幾斤重，我知影啦。」我們彼此笑成一團。

「阿兄，汝看汝，今仔日穿新的西米羅，規身軀新噹噹，金閃閃，緣投擱古錐，阮阿嫂目睭真金，真有福氣，才會嫁予汝。」

「嘜歐佬啦，阿兄臉烘烘熱，毋信，汝摸看覓。」我把臉轉到她面前，自己順手摸了一下。

她調皮地雙手摀住我的臉頰，皺著鼻子，咬著牙說：

「阿兄，汝的臉無烘烘熱，是雙爿紅，又擱燒燙燙。」

「阿雅，汝的嘴真甜，阿兄承認講輸汝。今仔日汝來恭喜阿兄娶阿嫂；阿兄也同時祝汝將來嫁好尪。」

「阿兄，汝的祝福相早啦，等汝有囝仔叫我阿姑，再擱講嘛袂晚。」

「驚有人鱠等的啦！」

終於，我看見一抹美麗的雲彩，掠過他們的臉頰，幸福的笑靨，同時由內心裡湧起，在我面前佇立的是一個俊男，一個美女，但願我們同時擁有一個光明燦爛的未來。

美鳳已化好了妝，首先上前恭喜的也是阿雅。

「阿嫂，恭喜汝今仔日做新娘。明年我就欲升級做阿姑。汝無化妝已經真媠啦；化起妝來擱卡媠。汝無看到，阮阿兄金金看汝，直直看汝……」她說著說著，自己卻先笑了出來。

「阿雅，感謝汝的歐佬，人講小姑親像娘，我毋捌的世事真最，以後望汝……」

「阿嫂，汝毋通按呢講，從細漢阮兄妹相依為命，湊陣大漢，人嘛講大嫂親像母，無管我走到啥物所在，攏會聽阿兄阿嫂的話。」

孫伯伯與孫伯母適時地走來，姑嫂相互的客套話就此打住了。

「親家，親姆，」阿雅禮貌地走向前，向他們點頭致意，「恭喜喔！」

「阿雅，真久無看著汝，大學生是愈來愈媠，面肉幼綿綿，白泡泡。」孫伯母緊緊地握住她的手誇讚著說。

「多謝汝的歐佬，親姆汝嘛是愈食愈少年，點攏膾感覺老。」

「大學生講話攏無尚款啦，聽起來予人真歡喜，真爽快。」

阿雅又轉向孫伯伯，向他致上最高的敬意。

霎那間，喜氣洋溢在這棟屋宇的每一個角落。所有的親友也陸續到來。我們將分乘禮車，到法院的公證處，由公證人和所有的親友，為我們的婚姻做見證。從今以後，我們將是一對合法的夫妻。喜宴過後，吹熄紅燭，我們將在新房共枕眠。無論我們赤裸重疊，激情激愛，繾綣纏綿，都是促進我們體溫上升的最大元素。我們青春的火焰，將讓體內的血液加速循環。雖然我們的初夜不在今宵，但我們心中的甜如蜜，卻從今夜更加濃郁。春宵一刻值千金，並非是我們今夜所冀求的，我們冀求的是夜夜都是我們心靈中最美、最值得珍惜的春宵。因為我們的愛，並非只那短暫的一刻，而是永恆不變的深情。

白天的勞累，我們青春的慾火並沒有在這新婚之夜裡燃燒，激愛的火花也沒有在那一瞬間爆發。雙人床搖晃的是我們疲憊的身軀，我們只那麼輕輕地摟著、輕輕地撫摸著、輕輕地吻著；而後，我們再也聽不到窗外的蟲鳴和鳥叫，只感到幸福與我們共枕眠……。

第十八章

幸福甜蜜的日子，過得特別快。

幾個月的學習與磨練，無論是切、煮、炒，都能得心應手；唯一的缺點是在調味上，尚不能拿捏精準：時有過鹹，或太淡；滷味不能深入物體內。我除了請教半退休的二老外，也買了幾本食譜與美鳳相互研討，每月的營業額若不能超越以前，至少也得維持現狀，絕不能差距太大，無形中也承受著相當大的壓力，經常地在夜晚，我翻來覆去總是睡不著。

「阿明仔，」美鳳愛憐似地說，「我看汝毋是佇做生意，是咧拚命。」

「美鳳仔，坦白講，這個擔看起來真輕，但是佇我肩頭頂，親像阮戰車彼門機關槍，看起來細門，舉起來真重。」

「俗語話講，凡事起頭難。經驗也是一點一滴累積起來的。阿爸阿母攏無予咱壓力，只要咱安份盡力，其他的免想相最，免相甘苦，知影嘸？」

「話按呢講無毋著。」我苦澀地笑笑。

「看汝翻來翻去，睏膾落眠，我心肝內實在真甘苦。」

「汝對我的愛佮關心，我攏會永永遠遠記佇心肝內。」我說著，一把摟住她的腰，在她耳際低聲地說：「美鳳仔，汝是我的媠某、好某。我愛汝，我愛汝，汝知膴，知膴！」我把她摟得緊緊地，在她的耳旁，在她的臉上、唇上猛烈地吻著，吻著，狂吻著！

「阿明仔，」她低聲地喚著我，「毋通攬相大力，卡輕耶，汝真久無即呢熱情啦。佇眠床頂，汝攏睏一爿，無親像卡早共我攬條條，彼呢親密擱溫存。阿明仔，汝毋通變心喔。」

「毋通講三八話啦，美鳳仔，我毋是一個無良心的人。汝知影，我這世人無交第二個查某，我愛的是汝，疼惜的也是汝，我若會變心，會予雷公打死。」

「我知影汝疼我。阮心肝內嘛只有汝一人。雖然看過的少年人真最，但是打開我少女的心窗是汝，共我攬的是汝，共我哸的是汝，予我失去尚寶貴的童貞也是汝。阿明仔，汝永遠佇我身軀頂得第一，汝知影膴！」

「我知影，我知影。美鳳仔，我知影汝是一個純情的查某囡仔，毋是三八阿花仔。咱的感情絕對袂變質。汝人生的第一遍予我，我予汝的也是一粒在室男的心。彼暝，共汝脫光光、攬條條，我在室男對著汝在室女，咱攏心甘情願，毋是強迫，咱的感情已經親像古井彼呢深，才會做出即款親密的事志。美鳳仔，汝講有影膴？」

「汝真三八，即項見笑事志記條條。」

「彼暝，是咱永遠儈使儈記的一暝。即陣想起來，我心肝內攏嘛笑咪咪、甜刺刺。」

「莫假仙啦，擱幾年，囝仔若牛落來，真緊就變成老太婆啦，彼陣我毋信汝會笑咪咪、甜刺刺。」

「安心啦，汝佇我心肝內永遠是一個婧查某。」我說著，又緊緊地把她抱住，而後慢慢地鬆開，輕輕地在她的頸上、耳旁、唇邊，一遍遍，一回回，不停地吻著，吻著……。

「阿明，真晚啦，咱來去眠床睏。」她嬌聲地說。

「來，我抱汝來去眠床頂睏，今仔口起，我毌家已睏一爿，欲攬予汝規身軀燒燙燙，用我的喙輕輕共汝唚，用我的雙手共汝搦夌，搦予汝規身軀軟綿綿，輕鬆鬆。」

她微閉著眼，雙手勾住我的脖子，我一把把她抱起，緩緩地走向床邊，輕輕地把她放下，而後，解開她的鈕扣，一件件脫下她的衣服，呈現在我眼前的是一個美的胴體。她已由清純的少女，變成一個成熟的少婦：高挺的雙乳，雪白的肌膚，美感早已取代她的骨感。我的手輕輕地遊移在她身上的每一個角落，我的舌頭在她飽滿紅褐的乳頭上蠕動。她的嘴微張，她的頭微微地晃動，而後快速地褪去我的衣裳。我們赤裸著，摟成一團，在柔和的燈光下，纏綿繾綣、繾綣纏綿……

「阿明，咱真久無按呢啦。」她微動了一下身，低聲地說。

「汝會想噲？」我深情地問她。

「我是人，毋是神。我是汝的某，汝是我的尪。尪某躺在眠床頂，心內想啥物，免講家己知。」

「美鳳仔，我毋知啦，汝的心肝內到底咧想啥物？」

「汝擱假仙！」她輕輕地擰了我一下。

「想啥物，攏毋通講啦，尪某佇眠床頂，無管搬啥物齣頭，家己知影就好，講出來，面會紅、會見笑。」

「汝驚面紅？彼當時，咱還未結婚，汝來我的房間，共門閂緊緊，共我攬條條，做了啥物事志，汝攏毋驚面紅？」

「想起彼時陣，實在真見笑，嘛是真有勇氣，竟然佮汝睏規暝，咱也同時付出人生最珍貴的初夜；即項事志，到死我攏記佇心肝內，尤其看著汝起頭彼呢痛苦，尾仔彼呢歡喜，就親像人生歲月，有苦也有甜。」

「人攏真奇怪，有時陣明明知影是痛苦的，卻偏偏欲試看覓，無管後果怎樣。」

「結果試了有趣味，無共汝攬耶，睏噲去，是毋？」

「莫七仔笑八仔，汝是比我卡興頭。」

激情過後的閒聊，讓我們消除了原有的疲勞，而美鳳的深情，是否能解除我日常工作上的精神壓力？有時想想，一切過錯都不在他人，而是自尋煩惱，自找苦吃。他們並沒有規定我一天要做多少生意，要收入多少錢，或許是過多的關懷，讓我身心不能平衡，壓力倍感沈重。

迄今，我依然以家鄉的傳統稱呼，尊稱孫伯伯為「伯仔」，孫伯母為「姆仔」，沒有以「爸」、「媽」來喚他們；並非我無禮，而是感到生我、育我的喚阿爸、叫阿娘，岳父岳母喚伯仔、叫姆仔較有區分。兒、媳，女婿，亦不會讓外人混淆不清，對於我的解釋，他們不但接受，也十分認同。倘若夫妻在岳家一起喊爸媽，有時還得花費一番口舌向人解釋。

他是我女婿，不是我兒子。

她是我女兒，不是我媳婦。

對於家鄉的人事物，我經常地從有限的記憶裡，絞盡腦汁不停地思索著，思鄉的情愫也油然而生：

我想起了阿爸、阿娘、阿母。

我想起了三叔公、二嬸婆、春叔仔。

我想起了戰爭、泥土和硝煙。

我想起滿山遍野的牛羊屍首。

我想起倒塌的房屋、破碎的家園。

我想起起猾的阿母、送人做子的小弟。

我想起阿爸慘死在阿母緊握的「三齒」中。

我看到鮮血從阿爸的頭上洎洎地流出。

很久、很久、很久沒有想過的事，都在此刻一一湧現，讓我流下很久、很久、很久沒有流過的思鄉淚……。

第十九章

美鳳終於懷孕了。

懷下我們第一個愛情的結晶。

二老喜悅的形色遠勝過我們，我們內心裡的興奮，更難以言喻。然而，她並沒有獲得更多的休息機會。每天依然跟著我忙得團團轉。雖有滿懷的不捨，面對忙碌的餐飲生意，卻也倍感無奈；飽了客人，餓了自己，幾乎是經常發生的事，如此下去，我實在擔心，她的身體會承受不了的，相對地，也會對胎兒產生不良的影響。

「莫緊張啦，」每次當我提出要她多休息的話題時，她總是以這句話來回應我，而後挽起袖子說：「汝看，我手骨比汝卡大枝，比汝卡粗勇，保證會替汝生一個白泡泡、幼嗲嗲的囝仔。查甫人莫一日㗂㗂唸啦，聽久我心內會煩咧，知影嘸？」

「美鳳仔，汝毋通狗咬呂洞賓，𣍐知好人心。恁尪是愛汝、疼汝、惜汝、關心汝，驚汝腹肚飫，驚汝相勞累，驚汝身軀凍𣍐條。毋通𣍐記耶汝是我的某呢！」

「汝真三八喔，查某人生囝仔是天生的本能，毋免大驚小怪。」她說著，又附在我的耳旁，輕聲地，「暗時怙怙睏，毋通擱想彼項事志，知影嘸？」

「婧某睏佇身軀邊，𣍐想攏是騙人的，但是我會有分寸，真細利，𣍐粗魯。安心啦！」

她高興地輕擰著我的雙頰，而後笑咪咪地說：

「人講查某大腹肚尚歹看，真最查甫人攏會偷偷去風化區找查某。」她略帶警告地：「阿明仔，我的腹肚一日一日大起來，人也會變歹看，汝若是敢跑出去找查某，這筆帳，就歹算啦！」

「美鳳仔，汝看我是毋是一隻猾豬哥，」我用手指比劃著自己，「我是毋是生一副豬哥面？汝詳勢看覓耶！」我有點兒不悅。

「佮汝滾笑啦，」她笑著，輕輕地撫著我的臉，「我知影汝毋是一個見著查某就好的老豬哥。汝照鏡看覓，汝生一副緣投面，人古意，搰力擱打拼，這也是我愛汝、嫁汝的理由，我佮汝滾笑，毋通變臉哦。」

「佇阮某面頭前，我不敢變臉啦。」我笑著，「有一日若予伊趕出門，即聲就知死啦！彼陣我看著擱來去食兵仔飯。」

「我記的汝唸過，做兵真甘苦，衫褲無人補，暗時想無某。我相信今仔日汝已經有某啦，過幾個月也有子啦，莫彼呢無良心，放阮母仔子毋管，又擱去食兵仔飯。」

「講笑規講笑，尪某間貴在互相信任、互相瞭解、互相扶持、互相照顧。美鳳仔，咱的感情毋是一日二日，咱會結成尪某是大賜的良緣……」

「也是天生的一對！」沒待我說完，她搶著說：「汝講有影嘸？」

「當然是有影。」我說著，伸手摸了一下她尚未鼓起的肚皮，「有感覺囝仔咧動嘸？」

「即陣無感覺，擱一段時間，伊就開始狗怪，無乖啦。」

「講實在的，即段時間汝毋通相操勞啦，人人囝仔攏重要，愛食卡最耶，營養才有夠，生出來的囝仔、才會撋皮得人疼。」

「汝無看著，阿母時常乎我食補，人蔘、洋蔘食去真最兩，即陣若去秤，一定肥真最斤。到時囝仔還未生，先變成一隻肥豬母，阮尪看著膾嫌才怪！」

「美鳳仔，無管汝怎樣變，佇我心肝內，永遠是一個婧查某，一個善良擱純情的女性，人若毋知通滿足，無路用啦，毋免叄人做人。」

「阿明仔，今仔日我毋是家己歐佬，我孫美鳳這世人尚得意的事志，就是嫁汝這個好尪婿。」

我輕輕地拉起她的手，目視著一對水汪汪、烏溜溜的大眼睛。我何其有幸，在失去家園、從軍報國退伍後，卻獲得一位善解人意、美麗又勤勞、端莊賢淑又體貼的嬌妻，以及一個幸福溫馨的家庭。我不想把它歸功於命運，也不想以祖先的風水來表功；幸福的路途是我們披荊斬棘、一步一腳印慢慢地走過來的。雖然沒有歷經大風大浪，卻是我們心血的凝聚。如果不善加珍惜，幸福也會隨著時光，偷偷地從我們的指隙間溜走，任你如何地追趕，任你投擲再多的精力，花費再多的時間和金錢，依然抓不住它。因而當幸福來臨時，我們必須緊緊地抓住，好好地把握，絕不讓外來的因素侵蝕它的一稜一角、一分一毫；唯有如此，才對得起攜手走向未來的美鳳。

我們坐在床沿，相視地笑了，內心同感的幸福，遠勝外在的言表。

「美鳳仔，」我把手輕輕地搭在她的肩上，「等汝囝仔生過，咱應該來計畫返金門的事志。」

「阿明仔，汝是一個帶過兵的查甫人，捌真最世事，汝的意見、汝的想法，我攏百分之百尊重佮支持。汝叫我行，我毋敢毋行，既然嫁乎汝這個金門人，食老死去，也是金門鬼！我永遠袂後悔佮怨嘆！」

「我真感謝汝啦，人的運命有時也是真歹講，返金門雖然一切攏著重新開始，過甘苦的日子是難免，但伊畢竟是咱的故鄉，咱的根是佇彼個所在，有根才有本，這個也是我想要返去的最大理由。」

「汝的心願，也是我的心願。阿明仔，到時咱著同心協力，互相鼓勵佮打拚，毋通乎人笑。」

「講實在的，有汝米粉嫂仔的支持，我有重建家園的信心。人講娶著好某，卡贏三個天公祖。」我笑著說。

「三八兵，」她笑著，輕搥了我一下肩頭，「汝皮佇癢啦，欠修理，是毋是？」

「毋著，」我輕輕地拍拍她的手，「細漢的時陣，阮後母伊是罵我『夭壽死囝仔，討皮痛』，接著是掃帚頭打落來。」

「啥物，」她驚奇地，「用掃帚頭打汝，卡早毋捌聽汝講過。」

「見笑事志，講袂出喙。」我輕嘆了一口氣，「過去的事志就予伊過去，講相最，規腹肚火。」

「著啦，著啦。過去的事志想相最沒路用。」她愛憐似地，「過咱即陣快樂幸福的日子，才是真的。」

「美鳳仔，我細漢的事志，三暝三日也講繪完，等有一日咱食老攏變成一個老伙仔，汝共我泡一杯茶，搬一塊椅頭仔予我坐，我會一齣一齣講乎汝聽。」

「有真精彩嘸？」

「保證汝聽過以後，烘火規腹肚，目屎直直流。」

她神色黯然地點點頭，我也不想再告訴她什麼，在她懷孕的這段時間，我應該給予她更多的關懷、更多的快樂。讓她孕育出一個健康活潑的乖寶寶，讓她的臉上綻放更多喜悅的神采。不久的將來，我們將帶著孩子，踏上歸鄉的路途，輕叩故鄉的大門，讓我們的根深入故鄉的紅褐土，延綿不斷，不再是這個島嶼上的過客，不再是天涯的浮雲和遊子……

第二十章

幸福安逸的日子，總要參雜著不幸和挫折。許多料想不到的事情，在它突發的時候，往往教人措手不及，不能在第一時間內有所應對，也因此而造成許多不幸的事故和無法彌補的憾事。有時我們自責，有時歸咎於命運，始終忘了要自我檢討，嚴加防範。

美鳳不慎在廚房跌了一跤，腹部衝撞到擺放碗盤的矮櫃。

「哎喲！」她手按住腹部，彎下腰，痛苦地叫了一聲。

我顧不了爐火正在燃燒，鍋裡的湯正在沸騰，急速地跑到她的身旁，迫不及待地扶起她。

「美鳳仔，有要緊嘸？」我一手扶起她的身軀，另一手撫摸她鼓起的腹部。

她緩緩地伸直腰，苦笑地向我搖搖頭說：

「嬒──要──緊。」

然而，她痛苦的表情，依然存在著。我順手拉來一張椅子。

「汝緊坐下，汝緊坐下！」我輕輕扶著她，讓她坐在椅子上。「歇困一下，我帶汝去醫院檢查檢查。」

「莫緊張啦，」她依然苦笑著，「撞一下，小事志啦，歇困一會，稍等一下就好啦。」她瞄了一眼鍋爐，「汝緊去炒菜，落米粉，予人客等相久，歹勢。」

「汝腹肚會甘苦、會痛袂？」我把手輕輕放在她的肩上，低著頭，愛憐地問。

「一陣一陣啦，艙要緊。汝緊去！」她輕輕地推著我。

「打電話請二個老的來湊跤手，我陪汝去醫院檢查檢查，卡穩、卡妥當啦。」我開導她說。

「毋免啦，我家己的腹肚，我知影。」她的手依然不停地撫摸著腹部，而後有些生氣地，「查甫人莫親像老太婆，囉里囉索，緊去啦！」

我無奈地走著，走向烈火燃燒的鍋旁，裡面的滾水、繚繞的水蒸氣，我的雙眼有些朦朧，不知該下米粉，還是榨菜和肉絲。當然是先下米粉，榨菜和肉絲必須另用油鍋爆炒，才能入味。我的意識並未昏庸，一邊熱鍋，一面倒下一杓油，而頭卻不停地轉向美鳳。我清楚地聽到油熱的響聲，然而，卻忘了必須用手把榨菜和肉絲，輕輕地鬆散在油鍋裡，而是猛力地整碗倒下，霎時，只感到臉上有局部性的火熱，我被濺起的熱油燙到了臉。然而，我鎮靜地沒有出聲，忍受著臉上的熾熱，把煮熟的米粉一碗碗端到客人的桌上。但我依然沒有忘記坐在不遠處，不停地撫摸著腹部的美鳳。當我工作告一段落，走近她的身旁時，她卻忍受著痛苦，從椅子上慢慢地站起來，驚奇地撫著我的臉。

「阿明仔，汝的面予油燙到是毋是？」

「一點半點，經常的事志，繪要緊啦。」我不在乎地說。而後低頭看著她的腹部，「腹肚會真痛繪？」

她目無表情地看著我，沒有搖頭，也沒有點頭。

「阿明仔，若無人客，咱今暗卡早關店，我真想要躺佇眠床頂歇困，汝的面也需要抹藥，才繪發炎。」

「汝緊坐下，我即陣來去收拾收拾。」

「我來共汝湊跤手，卡緊收啦。」她說著，手仍然按在腹上。

「拜托耶，美鳳仔，看汝的表情，我知影汝即陣真甘苦。汝定定坐予好，毋通滾笑。」我輕輕地扶她坐下。

「好啦，好啦。汝去收啦。」

回到家裡，我趕緊地向二老稟明在店內突發的狀況。他們並沒有責怪我，亦沒有把美鳳碰撞到腹部的事情，看得太嚴重，反而是較關心我被油燙傷的臉。一直到了深夜，美鳳在床上開始輾轉翻覆，腹痛難忍，下體出血，我已深知事態的嚴重，時間已不允許我們有任何的猶豫，除了儘速送醫院，其他別無良策、別無選擇。

孫伯伯到外面攔車，我扶著虛弱的美鳳，在屋裡等候。面對如此的情景，竟然想不出、找不到一句可以安慰她的話。

我用手抹去她額上的冷汗，她的頭微靠在我的肩上，無精打采地說：

「阿明仔，我腹肚真甘苦，會痛死。」

「擱忍耐一陣，車真緊就來啦。」我安慰著她，也輕輕地幫她撫著腹部，希望能減輕她的痛苦。

孫伯母提著熱水瓶，抱著毛毯，神色黯然地走來，母女相對則是啞口無言，雙紅的眼眶，許是母女深情的流露。

我揹著她上了計程車，緊緊地把她摟進我的臂彎裡。風城的深夜，除了颼颼的聲響，滿天的繁星，唯一在我耳際繚繞的是美鳳微弱的呻吟聲，在我眼簾出現的是一個沒有血色的小臉，以及我的一顆起伏跳動不安的心。

經過婦產科醫師的診斷，美鳳的腹部因受到撞擊，胎兒已無生命的跡象，如不儘快手術處理，母體也難保。

聽到這則不幸的消息，我盈滿眼眶的淚水，已不聽大腦的指揮，而泊泊地滴落。美鳳由急診室被推進手術室，我們也被摒棄在白色的門外，彷彿遙隔著兩個不同的世界；在裡面與死神搏鬥的是美鳳，在外面心急如焚、百般期待的是她的父母和丈夫。孫伯伯的嘆氣，孫伯母的祈禱，而我心中卻隱藏著難以形容的悲痛。就在那短短幾個小時裡，一個微小而珍貴的生命，卻毀滅在自己的父母手中，滿懷的期待和希望，也在一瞬間失去了蹤影。人生的確有讓我們學不完的課程，我們的知識竟是那麼地貧乏、膚淺，只懂得在人性的差異和性別上求取歡樂，基本的醫學常識卻一無所知，這是何等的悲哀呀！

或許，美鳳此刻已全身麻醉，躺在手術檯上任由醫師擺佈。人也只有在生死邊緣掙扎，才知道生命的可貴，而尊嚴則在手術檯上消失殆盡。為了保全生命，必須喪失尊嚴，裸露身軀，暴露神祕地帶，一切都是為了要活著，為了要保命，其他的看穿了，就猶如剛出生的嬰兒，降臨人間再成長，懂得羞恥再遮掩。

久久的期盼，度日如年地等待。終於白色的房門打開了，護理人員緩緩地推出床車，天藍色的被褥蓋在她的身上，露出一頭蓬鬆的髮絲，一張蒼白而疲憊的臉、緊閉的眼、沒有血色的雙唇，讓我無法接受這個事實。然而，不能接受，也必須承受這個無情的打擊。幸好，失去了孩子，卻保住了母體。或許，等美鳳的身體復元後，很快地會再受孕。因為我們年輕，有足夠的體力讓某一個機能快速運轉。一滴健康的精子擁有數萬隻的精蟲，當它與美鳳體內的卵子相結合，很快地會讓她再受孕，很快地她的腹部會再隆起。屆時，我絕對不讓她分擔任何工作，讓她在家裡專心做一個孕母，孕育出一個健康活潑的小寶寶。這是我的心願，也是我們共同的心願。一旦孩子誕生，一旦為人父母，家的氣息將更郁馥、更溫馨、更美滿。不再橫生任何的枝節，但願在短暫的時光裡，都能一一成真。

麻醉過後的疼痛，讓她眉頭緊鎖，微張的眼又閉上。眼角卻多了一些斷線的珍珠，一顆顆地滾落在白色的枕頭上。

「阿明，咱的囝仔無去啦。」她喃喃地，傷心地說。

「美鳳，汝毋通傷心，身體顧乎好卡要緊，咱攏少年，等汝身體復元，隨時會予妳受孕。昨日不幸的事志，莫去想伊，好好靜養才是真的。」我輕輕地擦去她的淚痕，低聲地安慰她說。

「咱的運氣若會這呢歹。」她閉著眼，而後又微微地張開看著我，「汝的面予油燙到，有要緊嘸？」

「嬒要緊啦，我已經抹過藥，隔幾日仔就會過皮。」我說著，輕輕地理著她散亂的髮絲，「命運之神對待每一個人攏尚款，有時予咱好運，有時柱到歹運，人生所有的一切，攏佇伊的手中心，家己無法度來掌握。」

「汝講的無毋著，」她微嘆了一口氣，「我會認命。」

我不再說什麼，一切的過錯是該歸咎命運，還是怪自己的不小心。事情既然已發生了，必須面對一切的後果，必須由自己來承受一切的苦難。此時的怨嘆已不能彌補身心所受到的創傷。我從苦難中一路走來，歷經家庭的變故、時代的變遷；雖然是兩個截然不同的遭遇，但傷害卻無二樣，且讓飛逝的時光為我們弭平心靈和肉體的雙重傷痕，鼓起勇氣繼續前行，創造一個幸福美滿的家園……

第二十一章

經過這場重大的變故，美鳳對目前的生活方式，有了意見，我亦有同感。

「阿明仔，講實話，咱若繼續按呢生活落去，會活活磨死，毋免想要生子抱孫。」

「我也有即款想法。咱的營業時間真長，無家己休閒歇困的時間，從天光到暗暝，真少有歇困的時間，每一日頭殼攏憨憨又擱強強滾。倒落眠床，四跤伸直直，睏仔親像肥豬彼樣。」

「汝的甘苦我知影。自我落胎以後，跤手攏無力，頭殼經常烏暗眩。我看，想要生一個子，毋是彼簡單。想要共汝湊跤手，一點仔氣力攏無，親像一個無路用的破病人。」

「查某人落胎，對母體是一種真大的傷害。愛吃補，慢慢調養，才會恢復元氣。汝好好惦厝內歇困，毋通替我操煩啦！」

「汝是我的尪婿，佇汝身軀頂，我得到幸福佮快樂，汝的安慰，汝的疼惜，汝予我的一切，我攏一項一項記佇頭殼內。今仔日汝為了這個家佇打拼，我若無關心汝，就免參人做人，也不配做汝黃志明的某。」

「感謝汝對我的關懷佮愛，咱有一日著找機會佮二個老的商量，福利社的合約今年若到期，莫擱簽落去。咱歇困一陣，四處走走看看，然後咱準備回金門，整理田園厝宅，離開這個乎咱快樂，也乎咱悲傷的所在。」

「阿明仔，我攏聽汝的安排。一旦返金門，希望我的身軀會勇起來，才有法度佮汝湊陣來打拚。」

「咱的故鄉是一個海島，無工廠，無真最車來製造空氣的污染，相信汝會適應彼個所在，身軀也會真緊就勇起來。到時咱毋通𣍐記，要開一間『米粉嫂仔小吃店』，汝是頭家，我是頭家的尪。知影嘸？」

她高興地笑了，自從流產以後，這是她唯一展現出真正喜悅的笑容。是否她已愛上了金門，喜歡上了金門，我不想加以揣測，但能理解她此刻的心情：人在情緒最低潮的時候，往往會把希望寄託於未來的新環境裡；然而，新環境是否能為她帶來新希望，還是新環境讓她的新希望幻滅，這些都是尚未面臨的問題，也是我們未來必須面對的。

「美鳳仔，真久無看到汝彼呢開心啦！」我牽著她的手笑著說。

「毋知怎樣，我真想要卡緊離開這個所在。」她有些兒落寞。

「我知影汝即陣的心情。雖然咱佇這個所在找到快樂，但也同時感受到失去囝仔的悲傷。即項事志也是咱想要離開的最大原因。」

「阿明仔，講實在話，我真煩惱以後是毋是會有身孕。若是因為這遍的落胎，予我𣍐生，我會怨嘆一世人。」

「毋通想相最，好好調養身體，咱今仔日才卄外歲，當少年，汝一定會生，生到做阿嬤還會生。」

「啥物攏是命啦。」她嘆了一口氣，「天公伯仔要予咱幾個囝仔，註好好，我毋敢憨想。」

「美鳳仔，人不驚拔倒，驚失志，驚對家己無信心。所有的事志返金門再做計畫，再重新打算。天無絕人之路，毋通想相最。」

她沈思著，無言無語地默想著。我能理解到她此時的失落感，更能體會出「落胎」對她身心所造成的傷害。一旦回到金門，並非如我們想像的那麼單純。一切必須重新來過，也必須付出更多的心力和勞力，才能打造出一個幸福的家園，開創一番屬於自己的事業。屆時，我們是否有足夠的體力，來完成這個心願，還是落人笑柄的半途而廢，又要回歸到原點。

美鳳小產的這段時間，孫伯母愛女心切的心境，讓人動容。除了藥補食補，連她沾著血漬的內褲，都由她老人家親自洗滌，不假手他人。孫伯父適時地安慰和關切，展現出長者慈祥的風範。家有二老，猶如一塊寶。我們該珍惜目前所擁有的，一旦離開這裡，回到一海之隔的島嶼，是否象徵著我們也同時失去了一塊寶，只能依靠著夫妻間相互的扶持，克服萬難，化不可能為可能的毅志。也唯有如此，才不會辜負二位老人家殷切的期望；倘若我是一位不盡職的丈夫，讓美鳳回金門受苦，又怎能對得起他們。雖然我們聽過事在人為簡單的四個字，但真正想「為」，往往與想像中的相差十萬八千里。套用一句悲觀的話，那或許叫知易行難吧。雖然每一道難關，我們都必須運用上天賜予我們的智慧來面對它、克服它、完成它，才能獲取應得的果實；如果停滯不前，必將被自己所擊倒，又有何顏，面對親友？

經過溝通，孫伯伯已決定不再和福利社續約。除了小食部易主外，米粉嫂仔也正式從眾兵的記憶中消失。大家相處久了，依依不捨的情懷，在所難免。武大哥送我一支笛子，是他剛到臺灣時買的。他不但能吹出好幾首幽美的曲調，更教人倏然淚下的是那首「白雲故鄉」；當他吹奏完畢，臉上顯現的是童時的純真，豐沛的感情，淚水在霎那間，盈滿著眼眶。如此的一支笛子，他卻要送給一位準備歸鄉的友人。

「老弟，我歸鄉的夢已碎，從今以後不再吹奏思鄉曲，我也不明白為什麼要把這支笛子送給你，彷彿你的歸鄉，能為我捎來一些鄉訊，因為你站在太武山頭，就能望見我的故鄉。」他滿懷傷感地說。

「是的，武大哥。白雲雖然瀰漫著山旁，但我的確能看見你的故鄉。雖然我沒有天生的音樂細胞，但我願意從多、麗、米學起。」

「老弟，記住：笛子本身沒有功力的深淺，只有真情的流露；有了真情，它的聲韻會更柔和更美妙，尤其在夜深人靜時。就由你自己去體會吧！」

「謝謝你，武大哥，但願有一天，你能親臨金門，聆聽我的笛聲，我將為你吹奏一曲——

歡迎呀，歡迎
歡迎武大哥你的光臨
這兒沒有山珍和海味
只有高粱酒一杯
金門的景色美、人情濃
我們將同乘希望的翅膀
陪你在太武山頭喚爹娘」

「好！」他興奮地拍著手，「老弟，你的才華是多方面的，不只是一位廚師，內心裡更隱藏著豐富的感情和文采。」

「武大哥，你過獎了。我只是隨興唸唸。」

「你肚裡有多少東西，老弟，我清楚。雖然自幼失學，但你的自學和苦學，教人不佩服也難。」

「武大哥，警總的出入境證可能不久就會寄到。很快就要啟程，但願有一天能在金門見面。」

「老弟，我身上這套軍裝你穿過，除非輪調，要不，到金門的機會可真難呀！你們身為在地人，想回去，還要經過層層關卡，到警總辦出入境證。對於一位現役軍人來說，更是難上加難。幾乎是不可能。」

「我能理解。這是一個非常時期，因為我們時時刻刻都在準備反攻大陸，因而要戒嚴，需要設限，讓人民永遠痛恨沒有居住的自由。」

「美鳳的身體依然很虛弱，千萬不可疏忽。一個孕婦最大的傷害就是流產。凡事多牽就她一點，尤其到了一個她完全陌生的環境，必須讓她慢慢來調適、來適應環境，不可操之過急。」

「在這塊土地上，我好比一個被時代遺忘的孤兒，回到自己的家鄉，雖然父母已雙亡，家園必須重建，但內心裡總感到踏實多了。」

「親不親故鄉人，甜不甜故鄉水。我們的思鄉情懷沒有兩樣。只是你比我幸運，能帶著嬌妻一起歸鄉。」

「是的，武大哥。我們都是從苦難中一路走來，但你卻有一個值得回憶的童年，而我卻是在後母的淩虐下長大。你早婚，已體會出家的溫暖，雖然因從軍報國而離開，但所歷經的每件事，都是值得回憶的。人，一旦有了甜蜜的回憶，內心永遠不會感到空虛。」

「我同意你的想法，甜蜜的回憶常教我暗中自喜，但有時卻讓人傷感。」

我默默地點點頭。

他沈默了一會，突然間卻唱起了——

海風翻起了白浪
浪花濺濕了衣裳
寂寞的沙灘
只有我在凝望
群山浮在海上
白雲瀰漫山旁
層雲的後面
便是我的故鄉

他的歌聲與笛音同樣地幽美，同樣地展現出深厚的聲樂造詣和情感。除了唱出對故鄉的懷念，也唱出那份淡淡的思鄉情愁。我不想以任何的言辭來讚美他，就由他盡情地流露，讓他一遍遍唱出心儀中的白雲故鄉，讓他一聲聲唱出思鄉的悲壯情懷。累了，請歇會兒再唱；音啞了，且請用淚水滋潤，再繼續地唱下去吧——

海水茫茫
山色蒼蒼
白雲依戀在群山的懷裡
我卻望不見故鄉
……

第二十二章

在決定返鄉的同時，我已先匯了一筆錢，託請堂哥先雇工整修一下老房子，以便歸鄉時，有一個落腳處。誠然，再怎麼整修，也不可能有此地的舒適感。但我並非貪圖感官上的享受，而是因思鄉而歸鄉。再苦再難也不能改變我們既定的行程和初衷。況且，我們的抉擇已獲得二位老人家的認同和支持。他們所展現的是無比寬宏大量的心胸，沒有任何的阻撓和不捨；有的是萬千的叮嚀和祝福。

「阿明仔，美鳳仔的身體無講蓋勇，三不五時愛燉補乎伊食，元氣才會緊恢復。千萬著記得，做規做，打拼規打拼，三頓毋通相儉、相寒酸。」

「姆仔，恁交待的每項事志，我攏記條條。返金門，阮尪仔某會互相照顧，請恁毋通掛念。新年下冬，美鳳仔若生囝仔，阮會抱來予恁看。」

「講實話，阮二個老伙仔，想抱孫、想仔頭殼烏暗眩。若毋是美鳳仔歹運，加落身，即陣囝仔已經四月外日啦。擱幾月日仔，也會曉叫阿公叫阿嬤。」

「往往天不從人願，」孫伯伯感嘆地，「抱孫之心愈切，思孫之心愈勤，想讓小孫子叫聲阿公，竟是那麼地難啦！」

「不難、不難。」美鳳笑著，「阿爸，只怕將來阿公叫多了，您會煩。」

「你們一踏上家鄉的土地，」他用食指指著我們，「第一就是準備生孩子，不管生多少，只要你們放心，統通送來臺灣，我與你媽負責幫你們帶，讓你們專心創業。」

「阿爸，謝謝您。」美鳳向他點頭致意。「您的用心讓我們感謝又感動。但願有一天，您與媽能到金門定居，讓我們略盡子女之孝道，奉養您們。」

「你們的孝心，為父為母者都能理解，或許將來會有在金門見面的一天。」

「我們衷心期待著這一天的到來。」我嚴肅地說。

「阿明，美鳳，當有一天，我踏上金門的土地，如果不能親自登上太武山，你們必須攙扶我，讓我仔細眺望故國河山青蒼翠綠的山巒，解解我長久積壓在心裡的鄉愁。」他說著說著，竟勾起了滿懷的思鄉情愁。

我實在找不出一句妥當的話，來安慰這位長年流落在異鄉的老年人。就讓這方小小的客廳歸於寧靜，歸於祥和，歸向一個遙遠的夢境。

一些不易破碎的衣物、被褥、日常用品，我們都分件打包，用郵政包裹暫時寄到堂哥家，以免大包小包提著上船、扛著下船，造成許多的不便。出入境證也寄給阿雅，請她就近打聽航期，代登記船位。如果待我們南下再登記，往往會受限於管制名額，坐不上船、歸不了鄉，又必須回歸到來時路。這是我們內心永遠的感嘆，亦是無奈。

接到阿雅的通知，船期是後天，希望我們能立即南下，先在她的住處稍為休息，她將陪我們到高雄港十三號碼頭報到。我們不加考慮，欣然接受她的建議。歸鄉之事已準備多時，也早已與二老取得共識，彼此都有心理上的準備。因而，當我們啟程時，並沒有淚灑風城、寸步難行的離別情懷。我們提著行李，高高興興地向他們說再見、道珍重。然而，就在我們臨上車的霎那，美鳳卻俯在母親的肩上失聲地哭泣著。

「憨囝仔，」孫伯母紅著眼眶，拍拍美鳳的背，「毋通嚎。佇這是做客，金門才是恁永遠的厝，阿母歡迎恁經常返來。」她說著，再次地拍拍她的背，「毋通嚎，汝擱嚎，阿母嘛要流目屎啦。」

「孩子，一年可以辦二次探親的出入境證，一個月也有兩個航次，比以前方便多了。」孫伯伯走到她身旁，輕拍著她的肩，「想回來就回來，別難過，時間不早了，你們就上路吧。」

是離愁，別有一番滋味在心頭。或許是人生中最常感受到的愁滋味，當她要離開孕育她廿餘年的家園時，當她要離開父母溫馨的懷抱時。人，正因為他有感情而稱人，這也是人因離情而動容的最佳寫照。當她的淚水流盡，必將化成聲聲的祝福和珍重，只是再見面，不知何年，何月……

我們搭乘南下的對號快車。我已無心欣賞車窗外的景緻，閉上眼睛，想起初臨這塊土地的情景，想起為了吃公家、穿公家而從軍報國的往事。雖然不是衣錦還鄉，榮歸鄉里，但我今天卻帶著嬌妻回來，也帶回一筆創業基金，與當初腦空空，手也空空去從軍報國相比，至少對自己有了交代，對供桌上的列祖列宗也有了交代。我將帶著美鳳，高高興興、快快樂樂地步入家門。首先，必須拈香膜拜，向祖宗請罪：旅外的這幾年，虧待了祂們，回家後，不管是祂們的忌日，或是年節，將以最虔誠之心，以最隆重的牲禮，來祭拜祂們。古老的屋宇雖然已整修，但在經濟能力許可下，一定重建，重新建造一幢美輪美奐的新房舍，讓列祖列宗的神主牌位不會太擁擠，讓他們都能面對「深井」頂端的萬里晴空，當然也祈求祂們的保佑，讓我們萬事順遂，美鳳早日懷孕，平平安安、順順利利產下一個我們渴望中的小寶寶，不管得男得女，我們將善盡為人父母之責，撫養他，教導他，善待他。不管能不能成為社會上的菁英，不管我們因他而承受多少苦難，付出多少代價，無怨無悔是我們不變的心志。他也終將成為我們此生最大的希望。而天，是否能從我們所願，或許，一切仍在虛無縹緲間……

身旁的美鳳，從上車到現在，很少與我交談，不知道她是閉目養神，還是想著爹娘。我們都知道，歸鄉的路途既遙遠又艱辛，此刻我們剛起步，尚未越過崎嶇的山路、浩瀚的大海。滿山遍野的荊棘尚未鏟除，想建造一個美麗的新家園，藍圖只在我們的胸中，什麼時候才有能力付諸行動、實現理想，讓美夢成真，一切尚言之過早。

我情不自禁地拉起她的手，她轉過頭，用 對充滿自信的眼光看著我。在未來的人生歲月裡，她將陪伴著我，一同攜手邁向我們理想中的美麗新世界。我的肩頭重擔，也將由她的雙手共支撐。

「阿明，看汝憨神憨神，毋知咧想啥物？」

「看汝離別的時陣，嘐仔彼呢傷心，我實在真擔心，返金門，汝會凍𣍐條。」

「阿母飼我二十外冬，一旦要佮伊分開，渡船過海去金門，毋知啥物時陣才會擱見面，想起來心真酸。」她說著，捏了我一下手，「汝毋通煩惱啦，我毋是一個𣍐吃苦、驚拖磨的查某人。雖然毋捌的代誌真最，但是，該打拼，該勤儉，我攏做會到。金門的民情風俗，我會慢慢來學習。厝邊頭尾，親情朋友，我會以誠以禮來對待，絕對𣍐予汝漏氣，也𣍐予人講，我是一個要食毋做，目睭生佇頭殼頂的臺灣查某。」

「美鳳仔，我想相最啦，汝毋通見怪。」

「三八，」她白了我一眼，「莫彼呢厚禮數，也毋通共我當做外人。」

我點點頭，傻傻地笑笑。

列車快速地進站又疾駛，車窗外是綠色的一片片，不管是野生的林木，抑或是農作物，異鄉的土地已與我毫無關連，我此刻的心似乎已回到了家鄉，太武山青蒼翠綠的林木，巨巖重疊的山巒，才是我此生最大的希冀，其他就猶如雲煙，來也快，去也快，來也匆匆，去也匆匆……

第二十三章

坐船，對美鳳來說，是頭一遭；而我是第一次。

美鳳不但不會暈船，還時而到甲板上走動、走動。好奇地看看艇上的機槍和大砲，看看遠方的魚舟和帆影。主動和同船的鄉親聊聊天、談談笑，更把阿雅為我們準備的食物，分贈給同船的小朋友，看她如此地愉快，也化解了我心中許許多多的疑慮。但願她真能適應我們貧困的島嶼生活，而不是歸鄉成來客，過不了三五個月，或是一年半載，又要走上回頭路，淪為鄉親譏笑的話柄。把我耍得團團轉，果真如此，我不知該如何來面對。或許，我將難以承受如此的打擊，讓我心中的美夢碎成一片片，讓我的理想幻化成空。

鹹鹹的海風，湛藍的海水，廿餘小時的海上顛簸，終於我們看見了浯鄉的太武山頭。我們併肩佇立在甲板上，雙手緊抓住船沿的鐵鍊，我興奮地告訴她：

「美鳳仔，金門到了。汝看，對面白沙的所在，是新頭海灘。尚懸的彼粒山叫太武山。汝看，有婧嘸？有婧嘸？」

「婧，」她高興而仔細地看了一會，「哇，是石頭山，我毋捌看過這呢婧的石頭山！」

我轉頭看看她，她的笑意是誠摯的，她的讚美不是虛偽的。她像鳥兒般輕盈地跳躍，目不轉睛地注視著。

「美鳳仔，毋是共汝臭彈，這粒山親像阮某彼一樣，近看婧，遠看也是婧！」

「三八，」她輕擰了我一下手臂，「人彼最，毋驚予人笑死！」

「笑啥物，我是實話實講。船頂彼最人，汝目睭金金相看覓，找無一個比阮某卡婧的查某。」

「好啦，好啦。汝擱講落去，我面會紅，也會見笑。」

軍艦終於順利地搶灘。我們緊跟著同船的鄉親下船，經過臨時搭建的浮橋，故鄉的土地就在眼前。我們是該俯身親吻，還是輕輕地踏上這塊芬芳的泥土。我們的笑靨在臉上停留久久，我們的心胸開朗，神情愉快，久別重逢時的喜悅，將長存在我們的記憶裡。

經過查驗出入境證，檢查行李。不管安全人員的態度有多麼地傲慢、無禮、囂張，畢竟我們已經回來了，回到久別的家鄉，回到我們的夢土上。他們刻意地刁難，只有增加人民對他們的憎恨，其他，並沒有什麼特殊的意義。因為我們是合法入境，因為我們的行李中沒有違禁品，再怎麼詳查細看，依然不能阻擋我們回家的路途……

細心的阿雅，在我們上船時，已打電報通知了阿旺堂哥。古厝的大門已啟開，親堂伯姆叔嬸，堂兄堂弟已齊擠一堂，喜悅的神色，難以言喻。雖然彼此都因歲月而成長、而蒼老，但那熟悉的輪廓，親切的鄉音，卻永恆不變。

曾經，不幸的家庭讓我悲傷，讓我望鄉情怯。今兒雖非衣錦還鄉，但我自信對得起供桌上的列祖列宗。村人也會因我已成人，穿著也體面，又帶回一個親切、懂事又漂亮的臺灣某，對我的身世、評價，或許會有所改觀。同時，我也帶回一筆創業基金，阿雅也上了大學。在這個民風保守、生活品質未獲改善的農村裡，相信我們兄妹的作為，必可為村裡的青年立下一個新榜樣。當然，我們並沒有因此而自滿，依然在努力、在奮鬥，期望將來有更好、更傲人的成績出現。

我一一地為美鳳介紹認識幾位親堂長輩，堂哥也把我們先前寄回的包裹全數搬來，一切安頓後，我帶著她在我出生與成長的村落裡，走走看看，也順便認識新環境。

轉眼間，時光已從我當初從軍報國到榮歸鄉里，逝去二千餘個日月晨昏，小小的村落也有了些改變：豬舍牛欄已遷移到村外，瓦礫雜草已鏟除，讓人留下一個整潔清新的好印象。或許，戰爭將遠離，島上的建設正開始，我們並不冀望它能成為一個繁華的都市，如果能保留一個祥和的農村風貌，延續純樸的民風習俗，讓金門這艘不沉的戰艦，不僅是因戰爭而聞名，而是它的純樸、它的人文氣息，才是世人推崇注目的焦點。因而，我們必須珍惜，光大它的精神，讓子子孫孫留下一個永恆的懷念。

「美鳳仔，咱即陣走的是紅赤土路，暗時無電，點的是土油燈仔；無自來水，吃的是井水；無抽水馬桶，用的是尿桶佮粗桶仔。真最所在汝會感覺無方便，但是，咱攏著記的，捌人會使，咱嘛是會過耶。時機會變，政府建設的跤步，慢慢會緊起來，千千萬萬毋通嫌東嫌西，予人愛笑。」

「阿明仔，汝啥物攏好，就是愛嘈嘈唸。做幾年仔兵，上幾堂政治課，今仔日攏搬出來，共恁某上啦。」她說著，快走了一步，而後停下轉身，向我敬了一個舉手禮，笑著說：「報告分隊長，汝毋通找機會共我洗腦，也毋通共我看成是一個食甜𣍐食苦的千金小姐。今仔日我千里迢迢佮汝返金門，我的心理已經有充分的準備，佮汝同甘共苦，是我永不後悔的心願。看到這個樸實的農莊，我真歡喜，看到厝邊頭尾，每一人攏彼呢熱情，彼呢好湊陣，我非常的感動。這種也是臺灣所在無容易找到的。報告分隊長，請汝千千萬萬放心，我這個小兵會佮汝湊陣來打拼，分隊長若不幸陣亡，我這個小兵也無想要活落去！」

「米粉嫂仔，」我上前一步，拉起她的手笑著，「汝上的這堂課，毋是普通的課程，每一句話攏深深記佇我的頭殼內，予我真最感受。今仔日起，所有的課程宣佈結束，咱憨仔做，傻傻仔拼。」

「三八兵，」她不甘示弱地回報我叫她米粉嫂仔，「汝講的話，我有聽到啦。」

「美鳳仔，汝是我心肝內永永遠遠的米粉嫂仔。」

「三八兵，愛講三八話。」

我們相視地笑著。

笑聲洋溢在這個古樸的小農村，在每一間古老的屋宇裡迴響。我們的內心已沒有疑慮，歡樂的時光將在我們心中長存，踏穩腳步，繼續前行，光明的路途就在不遠處，粗壯的雙手，更是我們邁向成功的最大希望……。

第二十四章

我們分別到阿爸、阿娘、阿母的塋前拈了香，燒了一些紙錢。阿娘的身影，已從我的記憶中，慢慢地褪色，甚至印象也有些模糊。阿爸與阿母卻讓我記憶猶新、難以忘懷。雖然我曾經想忘掉過去的一些情景，但始終無法揮去心中的夢魘：想起阿母緊握的掃帚頭，像似又要落在我的身上，那麼地讓我心悸；想起阿爸袖手旁觀，沒有護衛著我，內心不但有痛也有恨。然而，我恥於把童時的遭遇告訴美鳳，就讓這份悲痛，永遠隱藏在自己心靈的最深處。

幾個月下來，除了熟悉自己的田園厝宅外，我也帶著她在沙美、山外、金城……等鄉鎮，做市場的觀察與調查。幾經研商，我們發現地區有獨特的消費對象，就是駐軍。只要選擇駐軍較多的區域，並非一定要在鄉鎮市區的街道上。因而我們決定在村郊自己的宅地上，申請搭建營業用的平房。因為村郊除了駐守一個野戰營外，又有空軍的高砲、陸軍的砲兵、裝甲兵，外加一個三級保養廠，經常從此地路過的不知凡幾，只要服務親切、物美而價廉，相信絕不遜於市區。同時也可以節省許多日常支出，如：房租、營業稅……等等，而且市區店面的寬度只有四公尺，雖然長度二十公尺，但寬闊的門面，方能突顯出它的壯觀和氣派。我們決定除了留下騎樓外，把寬十公尺長十二公尺的宅地依法搭建，全部用廉價的水泥磚瓦。因為我們還有一個願望：有一天要把它改建成一棟美輪美奐的樓房，讓我們的美夢成真，讓我們的理想實現。

堂哥為我們物色的「土水師」，竟是我送人撫養廿餘年，未曾見面的弟弟。我們兄弟雖不是一個模子印出來的，但無論輪廓、眼神、嘴形，總有幾分像吧。起初，堂哥密而不宣，當我們交會的那一刻：

「阿弟，」我不管他記不記得，我不管他認不認得我這個哥哥，我的舉止有些失控，竟猛力地拉起他的手，「汝捌我毋？汝會記的我獪？我是恁阿兄，我是恁阿兄！」

他紅著眼眶點點頭，我的淚水卻在眼裡蠕動。

「阿兄，」久久，他掙開被我拉住的手，反而激動地用他粗壯的雙手，緊緊地把我握住，「細漢的時陣，我憨憨仔過；大漢時，聽別人講真最有關咱厝的事志，我嘛真悲傷，真想要佮阿兄汝見面，真數念阿兄汝。」

「咱的心願攏尚款啦，過去的事志，雖然記佇心肝頭，但有時想想耶，攏是命啦，無啥物通好計較的。」我說著，轉向美鳳，「伊是恁阿嫂。」

「阿嫂。」他向美鳳點頭示意。

「阿弟。」美鳳也含笑地向他點點頭。

「汝有聽人講起阿雅嘸？」我問他，「對伊有印象嘸？」

「有聽人講起，但是一點仔印象攏嘸。」

「伊即陣佇臺南成功大學夜間部讀冊，日時在紡織公司食頭路，有男朋友啦。」

他高興地笑笑，笑出一張古銅色的臉，那是歷經風吹、日曬、雨淋，充滿著樸實與健康，自信與帥氣相輝映的臉。

我們簡短的晤談，想敘述的何止萬千，想談的何止三天三夜。既然我們已回來，兄弟已見面，將來相聚的時間多著呢，就讓未來的時光延續我們兄弟之情、同胞之愛，讓親情的光與熱永遠不會冷卻。

建築令很快就批准下來。因為我們是合法的宅地，建的是平房，不會影響砲兵的射口，也非軍事重地，這也是能獲得政府快速批准的最大理由。阿弟已找來同伙，開始整地，購置建材，一切都是在順利中進行，也讓我們對未來充滿著無比的信心和希望。孫伯伯也多次來信關切和鼓勵；如果資金不足，他將適時支援，唯一的期望是要美鳳養好身體，早日添丁。老人家的抱孫心切，我們能理解，然而，有些事情也並非能用急來求取的。

子。」

「美鳳仔，老伙仔的批汝有詳細看嘸？卡早伊有交待，返金門第一件事志就是生

「彼款事志真歹講啦，返金門了後我的心情真好，會食擱會睏，無親像佇臺灣彼呢鬱卒，對彼項事志，每一遍我嘛順汝的心。」她說著，摸摸肚子，「汝看，到即陣腹肚還是空溜溜，無半項。」

「我看，」我笑著，「米粉嫂仔，咱日時著打拚，暝時也著加油！」

「三八兵，」她白了我一眼，「暝時無好好睏，日時無精神通做生意！人講細水長流，啥物攏著節制，毋通相㤉，知影嘸？一切順其自然啦。生子是早晚的事志，阿爸阿母比咱卡緊張。」

「這張批予汝來回，汝共伊講，咱有佇加油、努力，擱打拚啦。毋免等真久，伊就會做阿公、做阿嬤啦！」

「汝這個三八兵真有自信，查某人生子，毋是親像汝佇戰車頂，瞄準目標就會使，伊是兩個的結合體，毋是單一體，也毋是用喙講的。」

「米粉嫂仔，想獪到汝對即項事志彼呢內行，今日仔起，予汝做指揮官啦，汝叫我立正，我毋敢稍息；汝叫我趴下，我不敢站起來。大細項攏聽汝的指揮。」

「三八兵，汝講有定嘸？」

「有。」

「今暝起，一人睏一爿，無我指揮官的命令，𣍐使動到我的身軀，𣍐使假好心，欲共我搦奅，𣍐使共我攬，𣍐使……」

「米粉嫂仔，汝的規定真最，比古早阮彼個老北貢隊長擱卡嚴格。講實在話，若照汝的規定，我會哈死！」

「三八……。」

沒待她三八下去，我一把把她拉過來，左手放在她的肩，右手環過她的腰，用我火熱的唇，堵住她的嘴，用我的熱情，化解她一連串的規定。我的手指輕輕地搦著她的肩，我的唇由她的唇上，輕輕地移到她的耳邊和髮旁，一遍遍，一遍遍輕輕地、柔情地遊移。我相信，所有不成文的規定，終究是敵不過在她耳旁的柔情和細語。這是樂聲的前奏，過後才是好戲的開鑼。從相識、結婚到現在，常存在心中的依然是甜如蜜。我們沒有意氣用事和紛爭，沒有惡言相向和意見相左，心中只有愛和包容，只有相互扶持和照顧。因而，天天都是我們心中最美麗的春天，夜夜都是我們心靈中最值得回憶和珍惜的初夜和蜜月。幸福不是寫在我們的臉上，而是烙印在我們的深心處、銘刻在永恆的記憶裡。不管孩子何時來到，他鐵定在一個幸福美滿的家庭中成長，我們期盼著一個可愛的小生命，像天使般地駕著金色的彩車，降臨人間世。我們將同伸慈愛的雙手來迎接他，以愛和呵護替代打罵和懲罰，以父母的身教和言教，做為他學習的榜樣，以一切的愛心和苦心換取他的成長。我們期待著，衷心地等待著——

一個小生命的降臨……

第二十五章

新屋在阿弟一伙以專業和熟練的工作效率卜，日夜趕工完成。無論是地基、磚牆、木樑、灰瓦，都以牢固為第一。水泥泮沙的比例，也做了一些調整，木料也先刷過柴油，以防止白蟻的侵蝕。俗語說：隔行如隔山，我並沒有刻意地去監工，要求這，要求那，完全交由阿弟全權處理。當然，他也沒讓我失望，完全符合我們的構想。我們也利用工餘，談談以前，談談過去，談談他目前的家境和生活狀況。的確，他的養父母始終把他當成自己的子嗣，疼愛有加。雖然沒有繼續升學，但卻學會「做土水」的本事，在這個現實的社會，只要一技在身，勤儉奮發，養家活口絕無問題。因而，我為他高興，也為他慶幸；但也必須提醒他，對養父母要侍之以孝，待之以禮，以報答他們的養育之恩，相信他能做到，也能身體力行。

經過研商，我們決定以三分之二的店面經營小吃，以三分之一的空間兼營日常用品，並以「志明商店」的名稱申請營業執照。一方面也雇請木工裝釘陳列架，添購必需品，雖然對日常百貨較陌生，但我們計算出合理的利潤，貼上價目表，讓顧客一目瞭然，不會有受騙或上當的感覺。

我們滿意自己的構想和計劃，加上阿弟與堂哥從旁協助，一切進展都令我們倍感滿意，也充分發揮手足之情、同胞之愛的互助精神。

我買了一罐紅色的油漆，以武大哥傳授給我的鋼板字體，在阿弟刻意為我砌成的截水牆上，描下「米粉嫂仔小吃」、「三八兵日用百貨」幾個醒目的紅色大字。美鳳看呆了，也看傻了眼。

「阿明仔，汝變這個是啥物齣頭？」

「美鳳仔，汝毋知啦，這個是廣告，毋是齣頭，志明商店字𣍐醒目，米粉嫂仔配三八兵，好唸、好記、擱好笑，保證生意跟汝米粉嫂仔同時來。」

「講起來也是有影。做生意愛有生意頭腦佮撇步，」她淡淡地笑笑，而後提高了嗓門，「阿明仔，從汝退伍以後，擱卡親像一個三八兵，規身軀攏總三八，竟然想出這種三八齣頭！」

「汝毋通看我倥倥，人的命運真歹講，有時三八自有三八福。汝米粉嫂仔配我三八兵，是天註定，、即陣想要後悔，已經相晚啦！」我笑著說。

「三八，」她白了我一眼，一抹美麗的彩霞掠過她的唇角，「我講𣍐贏汝啦。」

「米粉嫂仔小吃，三八兵日用百貨。」我指著上面醒紅的大字唸了一遍，而後對著她，「汝講，我唸起來有對句嘸，有好聽嘸？」

「有、有、有，啥人毋知阮尪真有學問。」她得意地，隱含著一絲兒嘲笑。

「免歐佬啦，」我把她的話頂回去，「莫叫我三八兵，阮著真感謝啦。」

「好，」她肯定地，「以後毋叫汝三八兵。」

「要叫啥物？」我問她。

她沈默了一會兒，靜思地一想，還沒出聲，卻先笑了出來。而後快速地說：

「倥兵！」

「啥物？」我假裝沒有聽懂，「汝叫我啥物？」

「倥兵。」她高興地笑著。

「倥婆！」我含笑地回應她。

「汝要知死啦，」她握住拳頭走近我，在我面前比畫了下，「汝這個毋知死活的倥兵，竟然敢叫我倥婆。」

我輕輕地把她的手擋開，笑著說：

「美鳳仔，汝毋通動跤動手，三八兵仔配米粉嫂是天賜良緣，倥兵配倥婆是前世註定，顛來倒去，倒去顛來，咱二人攏是寶一對，汝講有理嘸？」

「人講嘴唇薄口才好，今仔日才領教汝的厲害。我孫美鳳向汝投降，承認講輸汝。」

「認輸著來講條件。」我打趣她說。

「講啥物條件？」她盯著我，「講來講去，攏是汝的三八話。」

「汝家已承認輸的，莫牽牽拖拖，講彼五四三的話。」

「啥物條件？予汝開喙。」

我笑著，神祕地笑著，始終開不了口

「男子漢，大丈夫。堂堂七尺二的三八兵，講起話來是吞吞吐吐，龜龜毛毛。」

「我是歹勢講喔，汝毋通逼我。」我依然賣著關子。

「緊講啦。」她急迫地跺著腳。

「既然汝輸啦，今暝汝著做馬予我騎。」

我伸了一下舌頭。

她急速地擰了我一下。

「倥兵。」她又擰了我一下，「真獪見笑喔！」

我們相視地笑著，也笑走了連日的緊張和疲勞。簡短的言談，輕鬆的對話，讓我們的生活充滿著喜悅和愜意。

所有的裝潢和採購都已告一段落，營業執照亦已核發下來。我們沒有經過擇日，決定在禮拜天，部隊休假時開張。只要生意好，天天都是吉日和良辰。阿弟準備了一串鞭炮，我啟開了店門，霹靂叭啦的鞭炮聲同時響起。而後陸續有客人上門了，有的好奇來看熱鬧，有的選購一些日常用品，新手經營，物品種類又多，的確讓我們忙得團團轉。美鳳則在另一邊，負責小吃部的生意。一股股香噴噴的滷味香，隨風飄來，雖然尚未達到進餐時刻，但事前妥善的準備，比任何工作都重要；倘若客人進門，再來剖蔥洗菜，滷屠體，泡小菜，已是遲了一大步。幸好，在小吃這部分，我們都是沙場老手，做起來駕輕就熟。我們也有很好的默契，適時相互支援，不需要把工作分得太精細。雖然忙碌，但心情卻是愉快的。我們也真正嚐到創業的甜頭。幾天下來的營業額，與裝校相比，毫不遜色。或許，好的開始，就是成功的一半。只要我們秉持著勤儉刻苦的創業精神，努力不懈，雖不能在短時間發了，但至少，我們會採擷到應得的果實。

為了方便採購，阿弟為我們物色到一輛性能不錯的中古機器三輪車，一切的操作比起戰車簡單多了，它所承載的，無論是蔬菜、雞鴨、五金、百貨、飲料、酒類，都足夠我們一日所需，在時間上，也易於掌握和控制。因而，它十足地成為我們的好幫手，分擔了我們肩頭上的重擔，也成為我們外出代步的交通工具。

阿弟的土水工作較不穩定，有時日夜不停地趕工，有時則是好幾天沒工做。他的養父母非常明理，從未阻擋他與我們來往，反而要他在暇時過來幫忙。在這個封建而自私的社會裡，的確是少見。我們除了感動，也把這份親情深藏在內心裡。每逢年節，美鳳會備些滷味，買隻雞，買幾斤豬肉，讓他帶回家。雖然只是聊表我們的心意，但在他們的眼裡，卻是難以消受之盛情大禮。這與家鄉純樸的民情民風，息息相關。兄弟間相互扶持和幫助，或許是應該的，客套反而造成內心的不安。我能理解多數鄉親的想法。

美鳳似乎消瘦了一些，早起晚睡，三餐不定時，加上繁忙的店務，但卻從未說聲苦，喊聲累。每天從事的都是一樣的工作，沒有休閒的時間。過的彷彿是一種單調乏味的機器人生活。然而，她始終沒有怨言，除了善解人意，與鄰居相處，對待親堂長輩，更有獨到之處。她待人以誠，侍之以禮。每遇鄉里間的婚喪喜慶，更是放下身邊的工作，主動而積極地去協助、去幫忙。

「恁看阿明仔伊家內美鳳仔，免妝嘛是媠，揹力勤儉會做人，親像即款查某真少。」種嬸仔說。

「汝看伊咧做生意，對人親切有禮，炒菜料最，煮的米粉俗擱大碗，彼飫鬼兵仔一個一個食仔笑咪咪。」財嫂仔說。

「阿明仔頭腦也是艙歹，忠厚擱打拼，尪仔某做生意攏嘛嗄嗄叫。一日要趁三幾百塊仔真緊。」水吉嫂仔說。

「做生意嘛毋是彼呢簡單、彼呢快活，若無三二步七仔，彼碗米粉食起來，也是無味無素，毋通認為兵仔飫鬼，嫌東嫌西的人真最。聽講美鳳仔伊厝卡早就是做食的生意，米粉是伊厝的招牌，無管炒、煮，有獨家的口味，別人無法度學的。」種嬸仔說。

「著，我嘛有聽人講：恁若是有去伊店，攏嘛有聽到，彼夭壽兵仔，大聲細聲叫伊米粉嫂仔。」財嫂仔說。

「我嘛捌聽阿明叫伊米粉嫂仔。」水吉嫂笑著說。

「但是美鳳仔回伊三八兵。」

「伊二人感情真好，親像即款少年人真少。咱目睭所看的，相罵比相疼的卡最。唉！」種嬸仔嘆了一口氣，「順仔無路用，夭壽玉仔歹仔臭青眼，啥物攏是命。好加再，囝仔爭氣、捌想。阿明也有家口，生意做仔穩當當，阿雅大學欲畢業啦，伊也是咱厝，頭一個讀大學的查某囝仔。」

我不只一次地聽到厝邊頭尾嬸姆兄嫂對我們的誇耀，然而，別人愈誇讚，自己不僅要加倍努力，更要拿出亮麗的成績出來。相信我們能，能把初創的事業邁向一個新的里程碑。雖然不能光宗耀祖，但我們兄妹並沒有得到祂們真正的庇蔭，依靠的是我們的智慧，是我們的血汗，日以繼夜，一點一滴累積下來的。倘若自己不奮發、不勤儉，燒再多的金銀紙錢，默念再多的禱辭，供桌上的諸神，依然是靜靜地排列著。因為祂們只是一個沒有生命的木製品，並非靈魂或神魂的化身。當然，人與神之間往往也存在著微妙的關係：有人在神前求取精神上的慰藉，有人在神前懺悔，有人不信這一套，完全憑著自身的意識來定奪。祂雖然不能控制人，卻是萬物之靈的人類所供奉，甘於向祂下跪膜拜，甘於對祂叩首，叩首，再叩首……。

第二十六章

阿雅來信說，今年將回金門與我們共渡春節。這也是她離鄉十餘年後，第一次再踏進家門。故鄉對她來說，是一個陌生的新境界——它已隨著歲月的消失而改變。當年，她是在烽火連天、硝煙密佈的苦難時期遠離。那時，阿爸阿母仍健在，我是以攤牌的方式，為她爭取到赴臺升學的機會。雖然是異父異母，但當我們懂事後，卻建立起一份情同手足的兄妹之情。資助她的學費，關心她的成長，都是我該做的，怎能那麼庸俗地、現實地要她將來回報我什麼？

我駕著機器三輪車，在露天的車廂裡擺了一張小板凳，依規定除了駕駛，只能搭乘一人。或許那是載運貨物時的捆工，相信阿雅是不會計較這些的。至少它方便又省錢，氣派只能顯耀一時，與實際人生落差很大。迄今我們依然沒有忘記，是在一個什麼時代，什麼環境下成長的；砲戰前與砲戰後，十餘年前與十餘年後，彷彿是生活在夢裡，彷彿是兩個截然不同的極端：以前是不幸的，現在是幸福的。無論衣食住行，都與昔日不可相提並論。只要辛勤耕耘，鄉村間似乎也沒有什麼貧富之分，總而言之，家家戶戶吃得飽、穿得暖，抱著「撿死黨」的發財夢，是不實際的。

料羅灣已擴建成軍艦能靠岸的深水碼頭，不必等漲潮，不必搶灘。我把車停在港警所外的木麻黃樹下，遠望著軍艦緩緩地進港、靠岸。目睹扶老攜幼的鄉親提著行李下船，而後快步地走向港警所旁的空地，排隊等候安全檢查。

我已在人群中發現了阿雅。她穿著一件棗紅的呢大衣，長長的髮絲任風輕飄，雙手提著笨重的行李，讓她微彎了腰。我快步走到哨兵監視的鐵絲網旁，她的身影已在我眼簾的不遠處。

「阿雅。」我揮起手，高聲地叫她。

她放下行李，舉頭張望，終於向我揮著手。

「阿兄。」我看見她喜悅的笑容。

「我佇這位等汝。」我指著站立的位置說。

她含笑地點點頭。

久久，她從港警所的大門走出來。剛才喜悅的笑容已不見，衣物也蓬鬆地露在旅行袋外。我已深知是被聯檢人員，一件都不放過的檢查結果。在一位受過高等教育的知識分子來說，這不僅是侮辱，也是對人格的一種傷害。然而，我必須告訴她。

「阿雅，汝毋通氣。即款事志佇咱這個所在是真正常的。」

「阿兄，汝毋知，」她依然氣憤地，「伊共我的行李翻仔亂糟糟，阮朋友要送汝的一矸洋酒，嘛予伊扣去。」

「𣍐要緊啦。林先生的心意，阿兄記佇心肝頭。咱共行李搬來去車頂，重新整理整理。」

「真衰，拄著猸狗。」

「莫擱氣啦。」我幫她提著行李，「歡歡喜喜返來過年，免佮彼猸狗計較。反正咱百姓攏無理，彼憨兵仔食飽飽無事志，嗔日數想反攻大陸，通去大陸做官，即陣無予咱金門人一點仔面色看看，佇咱面頭前耍威風，要等啥物時陣。」

她笑了。

初見面時的喜悅，又浮現在她青春美麗的面龐上。

「阿兄，」她關心地問。「阿嫂好嘸？身軀有勇勇嘸？」

「好啦。無啥物大病痛，跤酸手軟有啦。講實在話，店內生意𣍐歹，操勞是難免；收店了後，倒落眠床，攏睏仔毋知天地幾斤重，親像死豬母一隻。」

「親像阿嫂彼呢賢慧的女性真少，是咱的福氣。」

「人，有時愛相互尊重，毋通烏肚番。自阮相搦到結婚，從來無大小聲相罵過。有時伊忍，有時我忍，日子過了真順勢，真快樂。」我坦誠地告訴她。突然，我想起，「汝佮林先生的感情，應該無啥物問題啦。大學已經讀畢業，頭路也有啦，阿兄等汝的通知，隨時準備來臺灣共汝主婚。」

「伊厝的序大人有提起這件事志，但是我坦白對伊講：我從細漢到大漢，攏是阮阿兄一手牽成帶大，即項事志，我家己獪做主，著經過阮阿兄點頭。」

「汝對阿兄的尊重，我知影。恁二個不但是同學，也是同事，湊陣真最年，瞭解也真深，雖然無父母通替咱做主，但是阿兄會尊重汝的選擇。到時陣，咱絕對獪收伊半角銀仔聘金，訂婚的喜糖，咱家己買來請人食，面前頭尾恁阿嫂捌真最，伊會替汝準備。雖然咱無樓仔厝，也無百萬通乎汝做嫁妝，但是獪予汝相歹看，這點汝安心啦！」

「阿兄，卡早阿爸阿母留落來的錢，汝攏寄來臺灣予我讀冊，高中到大學，汝也經常寄錢予我用，即陣我冊已經讀畢業啦，頭路也有啦，阿兄阿嫂的好意，我這世人會記條，但是無論如何，獪使擱用阿兄的甘苦錢。」

「好啦，咱緊走，到時陣再擱講。」我說著，把她的行李放在車上，「汝毋捌坐過這種車，著嘸？」

「頭一遍。」她笑笑。

「這款車的避震卡差，咱厝的路擱歹，走起來會跳，汝著坐乎好，拎乎在。」

「阿兄，我大漢啦，毋是囝仔，汝安心啦。」她笑著。

「阿兄用這頂破三輪車來載汝，汝會感覺真委屈、真沒面子膾？」

「咱兄妹的感情是無話通講。今仔日阿兄汝是疼我，看我有起，才會來這叩叩等，來這吹海風，吹仔雙爿耳仔紅光光。我若擱嫌，就無意思啦。」

是的。她已長大，已能體會出為兄的所做所為。昔日離鄉的黃毛丫頭，今日歸鄉，已蛻變成一隻美麗的鳳凰。另日，或許將身揹著小娃娃，回呀回娘家。相信這是不久就能成真的事實。

她沒有坐在我為她準備的小板凳，而是坐在我旁邊的工具箱上。刺骨的寒風，馬達的噪音，沿途我們都默不出聲。她瀏覽著久別的浯鄉風光，我則專心當個駕駛人。然而，當我把車停在家門口，她卻顧不了車上的行李，往下一躍，高聲地喊著：

「阿嫂、阿嫂。我到啦，我到啦！」

美鳳快速地迎出來，高興而尖聲地叫了一聲：

「阿雅。」

只見她們二人，緊緊地握住手，握住一份無所取代的姑嫂之情。久久，久久，初見時的激動，已化成雙眼的微紅。

「緊入內，阿嫂煮麵線予汝食燒。」美鳳牽著她的手，深情地說。

「阿嫂，汝先去忙，我膾寒也膾飫。我來去車頂提行李。」

「汝看，恁阿兄已經提來啦，咱入內。」

我們親眼目睹這個現實的社會，有多少姑嫂失和，有多少兄弟姊妹反目成仇。雖然我們兄妹同在一個不幸的家庭中長大，但卻出自兩個不同的體系，是否因此而讓我們更珍惜這份親情。姑嫂的情誼亦如同姊妹，這不僅是我樂意見到，也是終身難以忘懷的美事。

「美鳳仔，」我提著行李，環顧了四周，「阿弟有來嘸？」

「有啦，佇店內湊跤手。」

「緊叫伊來見阿雅。」

阿弟聞聲，從廚房走出來。

「伊是啥人？汝會記𣍐？」我興奮而高聲地指著阿雅問他。

他靦腆地笑笑，而後說：

「阿姐。」

阿雅走近他，高興地拍拍他的肩。而後轉向我：

「阿兄，汝會記的𣍐，阿弟細漢時，臭頭爛耳，顧人怨。險予阿母用掃帚頭打死。汝看，伊即陣，漢草彼呢好，變成一個緣投英俊的少年家。」她說著，再次地拍拍他的肩膀。

「俗語話講：三年無死成大人，今仔日咱三個兄妹攏成大人啦。而且佇咱家己的厝內團圓，我實在是真歡喜，真想欲流目屎。」我說著，說著，眼眶似乎有淚珠在蠕動。屋內的氣氛已由歡樂變為凝重，這不就是親情的流露、心與心的再交集？雖然，我們因家的變故而短暫地分離，但在漫長的人生歲月裡，卻再重聚，不知是命運的愚弄，還是因此而永不再分離……。

第二十七章

年關已近在眉梢，阿雅回來後，隨即投入內部的大整掃。新屋舊厝，沒有放過任何一個地方，甚至連供桌上的諸神，也一一請出來，擦拭後再排列。廚房的餐具，桌上的餐巾，都重新洗滌舖陳，百貨架上也重新整理歸類，貼上價目標籤，簡直忙得昏頭轉向。然而，她絲毫沒有倦容，或許青春就是她的本錢，勤奮才能在這個多元化的社會立足。這裡也是她的家，滿屋都散發著親情的芬芳。雖然沒有雙親做依靠，但雙手創立的家園最珍貴，兄妹的深情也最溫馨。

我們決定從除夕起到年初五止，休息六天。今年也將過一個不一樣的年。阿弟或許在家忙著，好幾天不見蹤影。

「阿兄，真最日無看著阿弟，汝有叫伊來咱厝過年嘸？」阿雅關心地問我說。

「咱繪使按呢做，伊是咱的親小弟無毋著；但是已經予人做子，雖然伊的養父母真開通，大年大節咱繪使留伊，予伊全家過一個快樂的新年。」

「是啦，阿兄，汝的想法無毋著。」

「但是，阿雅，」我笑著，聲音略大了一點，「阿兄共汝交代，有一日汝若嫁尪，每年的正月初二，著揹雞跤粿來做客。雖然無父母通孝敬，但是，阿兄會代表接受。」

「阿雅，」美鳳盯了我一眼，「莫聽恁阿兄講三八話，路頭彼遠，渡船過海，為著揹雞跤粿，我相信恁阿兄食𣍐落喙。」

「佮伊滾笑啦，目的毋是想要食雞跤粿，是叫伊毋通𣍐記咱厝，著經常返來。」

「𣍐啦，我永遠攏𣍐記的家己是金門人，只要有時間，我會經常返來看阿兄、看阿嫂、看阿弟，絕對𣍐彼呢無天良，一去不回頭。」

「三八兵，」美鳳笑著，「阿雅的答覆汝有滿意嘸？」

「米粉嫂仔，」我也好笑地，「今年拜祖著準備三牲，加煮幾項仔菜，咱歡喜過年，祖公歡喜食飽。阿雅著加拜幾拜，才會保庇嫁好尪。」

「阿兄，我會跪落拜，保庇阿嫂緊生子，通予我做阿姑。」

「緊啦，新年下冬，咱攏要升級啦，」我看看美鳳，看到她頰上的一抹微紅。

「阿嫂，」阿雅轉向她，拉起她的手，「恭喜喔，幾月日啦？」

「二月外日，抑早耶，新年下冬的事志。」

「千萬著記的，毋通相操勞，粗重的穡頭乎阿兄做。真最事志歹講，家己愛細利。」

她不斷地叮嚀著。

「感謝啦，阿雅。有汝這個好小姑，我真歡喜也真福氣。講實在話，細漢佇厝有父母通照顧，大漢嫁尪，有尪婿通疼惜，世間上無人比我卡幸福的。」

「阿嫂，我返來的這幾日，無管是莊頭莊尾，厝邊嬸姆，對汝的做人處事，對汝的熱心慷慨，攏是再三的歐佬，聽佇耳仔內，我這個做小姑的，感覺真光榮，真有面子。」

「是厝邊嬸姆大家的疼惜啦。」

「若無汝的謙虛誠懇，永遠攏𣍐得人疼。卡早阮阿母苦毒阮兄妹，規鄉里大大細細，無一個無嫌伊，無一個看伊有通起。今仔日，親像人間世佇輪迴：去一個人人嫌的阿母，來一個人人歐佬的好媳婦。」她說著，卻轉向了我，「阿兄，汝講有影嘸？」

「阿雅、咱的心情攏尚款，有時想起來會目屎流。好加再咱家己爭氣，才𣍐予人看衰。」

「過去的事志著予伊過去，」美鳳柔聲地說，「無定著伊是對咱一種試探佮考驗。昨暝的夢已經醒啦，未來的人生大路抑真遠，咱著堅強才走會落去，才會走到位。」

「著啦，阿嫂講了真著。」阿雅展現出笑容，而後拉著我說：「阿兄，咱緊來去寫門聯，汝寫我貼。」

「我寫汝貼？」我重複她的語氣，看看她，「汝有講毋著嘸？」

「無毋著。阿兄，汝的毛筆字媠擱有力。」她的語氣堅定。

「汝嘛清彩講講耶，大學生毋寫，叫我這隻青瞑牛來畫符。」

「莫啦、莫啦，莫固謙啦。」美鳳笑著，「啥物人毋知武大哥教汝寫一手媠字。」

「先講好，我練的是于體，于右任老先生教我寫的是草字，貼出來若予人看無，毋通怪我！」

「三八兵，愛假仙！」她白了我一眼，「紅紙黑墨佮聯筆攏放佇桌頂，緊去寫。」

阿雅哈哈大笑。歡樂喜悅的笑聲，盈滿著這個無父無母、兄嫂支撐的家庭。是的，我能寫，幾年的從軍報國生涯，在武大哥費心的調教下，無論是鋼筆字、毛筆字、鋼板字，雖不是頂尖好手，但也差強人意；何況只是寫春聯，並非參加比賽。

我疾筆寫下：

米粉嫂仔米粉芳　好食毋免加油蔥

三八兵仔笑咪咪　一碗一碗直直添

「阿兄，」阿雅高聲地笑著，「這副門聯若貼出去，會予人笑死！」

「汝毋知，兵是阿兄當過來的。彼兵仔每日出操、打坑道，生活無聊擱苦悶，寫二句笑話，予伊歡喜歡喜耶，比啥物擱卡好。毋信，汝試看覓！」

「阿雅，恁阿兄食幾年兵仔飯，共軍中彼尝定記佇頭殼內，咱莫管伊。這間店的頭家是伊，予人笑也是笑伊，佮咱無關係啦。」美鳳雖然如此說，但我隱約看到她唇角展現的是一絲滿意的微笑，臉上露出的是一個誠摯的笑靨。

當這副對聯貼出來，相信我們得到的是掌聲，而不是噓聲；因為我太瞭解兵仔的心理。

大年初一一大早，我們依習俗以米飯和長壽菜祭拜祖先，九點不到，一陣陣鑼鼓聲、鞭炮聲相繼地傳來，舞龍舞獅的隊伍接二連三地來到。

「米粉嫂仔，砲一連來共恁拜年啦，恭喜新年發大財！」

隨即是一陣咚咚鏘、咚咚鏘，以及砰砰砰砰的鞭炮聲。

「阿明仔，」美鳳興奮而尖聲地叫著我，「砲一連的獅隊來拜年啦，緊去包紅包。」

「我透早起來就共汝拜年，汝怎樣無包紅包予我？」我打趣她說。

「莫滾笑啦，緊去包啦。」她緊張地。

「汝安心，彼隻獅無咬著紅包，伊獪走。」我頓了一下，又說：「包百二有夠嘸？」

「小氣鬼，大年大節包百二。」她說著，提高了嗓門，「包二百四啦！」

咚咚鏘、咚咚鏘、咚咚鏘鏘、咚咚鏘

砰砰砰、砰砰砰、砰砰砰砰、砰砰砰

「米粉嫂仔，高砲連來共恁拜年啦，恭喜恁新年快樂，萬事如意！」

「阿明仔，緊去包紅包。」她呼喚著我。

「包二百四有夠嘸？」我笑著問。

「有啦、有啦。緊去包啦！」

「小氣鬼，大年大節包二百四，高砲連攏是咱的老主顧。」我仿著她剛才的口氣笑著說。

「三八兵，汝毋通共恁某裝猜。」她狠狠地白了我一眼，「看著汝這個倥兵，好氣也好笑。」

咚咚鏘、咚咚鏘、咚咚鏘鏘、咚咚鏘

砰砰砰、砰砰砰、砰砰砰砰、砰砰砰

「米粉嫂仔，步三營來共恁拜年啦，恭喜恁新年快樂，大吉大利，明年生雙生！」

「美鳳仔，我看這聲無包千二是獪煞耶，步三營這尾大龍，毋是咧滾笑的，龍頭龍尾攏是福，明年一定予汝生龍子。」

「包千二、生龍子，攏是明年的事志啦。緊去包，二百四老規矩，嘛袂相寒酸。」

咚咚鏘、咚咚鏘、咚咚鏘鏘、咚咚鏘

砰砰砰、砰砰砰、砰砰砰砰、砰砰砰

「報告分隊長，戰車營來共恁拜年啦，恭喜恁新年快樂，添丁擱發財！」

「美鳳仔，緊去包紅包，汝攏無看著，阮戰車營的老戰友來啦，店口彼頂戰車，面頂有機槍佮大砲，擱有旱船，有踏蹺，有猴地天，有豬八戒，有唐僧，比步兵營，比高砲連鬧熱真最，紅包包卡大個耶，千二就夠啦！」我笑著說。

「倥兵，看著戰車營彼兵仔，歡喜仔毋知家己姓啥物。拖仔內的錢攏包了了啦，我身軀也無半箍，汝緊去想辦法。」她故意要我。

「好啦，既然無錢通包紅包，我來去揹十打燒酒送伊飲，予伊每一個人攏醉茫茫。」

我移動著腳步。

「免數想，店內的燒酒年內攏賣光光，剩二矸嗨頭仔紅標米酒，我毋信汝揹會出去。」

「美鳳仔，汝毋知，阮營長看著米酒頭仔，親像生命彼一樣，伊盡愛愛即味，真合伊的胃口。」我說著，快走了幾步。

「莫裝倥、裝憨擱假仙，紅包佇這，緊提去啦！」

我快速地轉回頭，拉起她的手，拉起一雙溫暖而幸福的手。我們擁有的不只是這片曾經為我們賺取錢財的店面，從四面八方伸出的友誼之手，才是我們此生最大的收穫。

今晚雖然是除夕已過的年初，但我們兄弟姑嫂才真正聚在一起大團圓，每人都有滿懷的感慨，不一樣的心情：美鳳遠嫁金門，阿雅返鄉探親，兄弟久別又重逢。美鳳在阿雅的協助下，備了好幾道菜，在飲下好幾杯烏梅酒的同時，我突然想起了武大哥，想起他送我的那支笛子。當然，我永遠也吹不出那首隱藏著思鄉情愁的「白雲故鄉」，只能吹奏一些無名的小調。但我發覺在夜深人靜的時候，幽揚悽美的笛聲，有時真教人倏然感傷……。

「阿兄，汝規晡憨神憨神，佇想啥物啦。」阿雅為我夾了魚，夾了肉，「菜食卡最耶，燒酒飲卡少耶。」

「恁阿兄的心，佇戰車頂啦。」美鳳端起杯，笑著說：「阿雅，阿弟，咱三人敬分隊長一杯。」

「感謝啦！」我一飲而盡。

「三八兵，汝是欲飲予醉是毋是？」美鳳關懷地說。

「艙啦，我艙醉。今仔日我真歡喜，阿雅，阿弟恁嘛有看著，一陣一陣的龍隊獅隊，攏來咱店拜年，予咱鬧熱嘁喳。伊毋是欲來討紅包，是看咱有通起。」

「從即項事志來看，不但是咱店的生意經營了成功，阿兄阿嫂的做人擱卡成功。」阿雅說後，看看阿弟，「阿弟，咱二人敬阿兄阿嫂一杯，感謝伊對咱的疼惜。」

「來，」我舉起杯，「大家來飲一喙。」我沒有飲一口，而是乾下滿滿的一小杯。

「阿明仔，減飲二喙，酒醉是真甘苦。」美鳳關心地說。

「我膾醉啦！美鳳仔，汝安心。」實際上，我的頭已有些昏。「毋知怎樣，飲到烏梅酒，我著會想起武人哥。想起伊思念故鄉彼款痛苦的表情。當我欲返金門時，竟然將伊彼支心愛的筒仔送我。稍等會我歕予恁大家聽。」

「筒仔看人歕，著有親身的體會佮感受。有感情的音韻，才會感動人；無感情的筒仔聲，親像狷貓佇哭，卡歕嘛歹聽。」美鳳說

「阿嫂，阮阿兄有經常歕予汝聽嘸？」阿雅問她。

「歕了好嘸？」阿弟也接著問。

「筒仔聲我毋捌聽過，狷貓聲就有啦。」美鳳笑著回應。「講實話，我真欣賞伊歕的彼首『母親您在何方』，功力有夠，感情也有剩。伊講當伊歕這首歌的時陣，想的是阿娘毋是阿母。有時歕了後目箍會紅，有時會流目屎。」

他倆聚精會神地傾聽著。是的，雖然阿娘的影像已模糊，然而每當我想起慈祥的阿娘，再想起狠毒的阿母，悲就我心中來。「母親您在何方」這首歌才能真正展現出我吹奏的功力，只因為它已溶入了我無所取代的思母情懷。每當我吹起——

雁陣兒飛來飛去

白雲裡經過那萬里
可曾看仔細
雁兒呀 我想問你
我的母親可有消息
秋風那吹得楓葉亂飄蕩
噓寒呀問暖
缺少那親娘母親呀
我要問你
天涯茫茫你在何方
明知那黃泉難歸
我們仍在痴心等待
我的母親呀等著您
等著您 等
您入夢來
兒時的情景似夢般依稀
母愛的溫暖永遠難忘記

母親呀我真想您

恨不能夠時光倒移

……

吹完後，我的情緒很快地跟著失控，盈眶的淚彷彿決堤的河水，由臉上流向心中，流向記憶的深遠處……。

第二十八章

年過了。

一切恢復了正常。

美鳳的腰圍也一天天變粗，腹部也一天天地隆起。店裡繁瑣的雜務，繁忙的店務，依舊讓我們忙得團團轉，依舊讓我們找不出休閒的時間。雖然我盡量地讓她在日用品這邊工作，但許多貨品卻是擺放在比人高的架子上，萬一不小心，萬一有讓人料想不到的狀況發生，我們將如何來面對。但也不能因她的懷孕而暫時地歇業；唯一的防範，就是二個極其簡單的字——小心。其他還能做什麼，還有什麼更妥善的辦法，可以讓她平安地生下我們夢想中的小寶寶。

天，有時是不從人願的。當人的期盼愈高，渴望愈強烈，往往帶給我們的是失望、沮喪，而不是希望和喜悅。當然，我們也不能因此而怨天尤人。她上次的流產，也可做為我們此時的借鏡，只是迄今，腦裡依然是一片渺茫，始終思索不出妥善的因應之道，一切就回歸於自然吧。

阿雅男朋友的家裡，已正式寫信來提親，但限於規定，他們並不能因此而獲得警總的出入境證，來金門訂婚；我則因店務繁忙及美鳳有孕在身，不便遠行。況且當事人都在臺灣，訂婚也只是形式，並沒有法律上的保障。在取得阿雅的諒解後，我們依習俗為她寄去紅麴、白麴、棉尾、大麥、春粟、犁頭銑、冬瓜排、桔餅、苧、木炭，另外芋頭、韭菜因恐郵寄腐爛，要她就近採購，總共為十二項。同時寄了一筆錢，由她購買西裝、領帶、襯衫、手帕、領帶夾、皮包等六項，贈於新郎。這些是女方必備的物品，雖然化費不多，但絕不能失禮；況且，我已對阿雅承諾，不會收取一分一毫的聘金，分贈親友的喜糖，亦由我們自行購買，這是我能做到的。一待她們要結婚，我們亦已準備好一份小小的嫁妝，相信她會滿意，也能體會出兄嫂的心意。

「阿明仔伊小妹阿雅今仔日訂婚，送這包糖仔，尚少有三十六粒，毋捌看過人送彼大包的。」

「聽講無提人聘金，也無收吃茶禮，糖仔嘛是伊家己買來送的。」

「查甫彼頭是臺南人，伊厝真好額！是有錢人的子。」

「查甫囝仔是阿雅的同學，規規矩矩，毋是歹子。」

「兄妹攏有福氣啦。一個娶臺灣，一個嫁臺灣。美鳳仔的賢慧眾人知，阿雅也找著好尪婿，人的命實在真歹講，細漢的時陣，予兲壽玉仔苦毒仔叫毋敢，即陣大漢啦，嘛出頭天啦！」

我與美鳳親自挨家挨戶送上阿雅訂婚的喜糖，無數的恭喜聲在我們耳際迴響，我們也同時聽到鄉里鄰人對我們的誇讚。阿母的惡名卻依然在他們的腦海裡長存。他們不但關心我們的成長，也關心我們的幸福；童時的不幸，長大後已獲得彌補，我們已沒有任何理由來怪罪蒼天的不公，且讓一切隨緣吧。

阿雅雖然訂了婚，但婚期未定。

美鳳雖然懷了孕，但產期未知。

但願兩件喜事在時間上不要有所衝突。因為我已向阿雅承諾要親自赴臺替她主婚。一旦美鳳生產，又必須由我來照料，有時想起，我會暗中祈禱，但願每樁美事都能順我所思，好讓我面面兼顧，實現諾言，同時迎接一個小生命的來臨；果真如此，方能順我心，合我意；倘有不能，將讓我遺憾終生。雖然阿雅對我非常尊重，一旦男方擇定了婚期，自認為有理的推辭或婉拒，往往變成無禮的阻撓，好好的親家因一點芝麻小事而反目成冤家，這是我不願意見到的。

清明過後是端午。

端午過後是中秋。

人永遠跟時間在賽跑。然而，跑輸的依舊是萬物之靈的人類。只因為它不能讓失去的時光又復返。

秋天，的確是一個秋高氣爽的好季節。滿山遍野都是金黃色的一片片，只有屋後的老楓樹，掉落一地迷人的紅葉。然而，我們只是凡間一個庸俗的小商人，所知的是粗俗的好看與不好看，賞美對我們來說，是太沈重了一點。有時反而討厭它落地後，隨風又亂飄，有時雖然隨興撿起火紅的一片，但始終感覺不出它美在何方，只不過是一片沒有生命的落葉吧。

日日夜夜，機器般地忙碌，我與美鳳談的似乎只有日常的生意話，一到晚上，心想的是明早到市場要進什麼貨？小倆口間的悄悄話，不知是否因她有孕在身而減少了，還是因她隆起的腹部，克制著我們青春的慾火，讓熱情讓激情一併降溫。有時卻也難忍，當我的情緒和動作有了逾越的舉動時。

「擱來，擱來。三八兵汝實在真毋驚死。」她提出警告地說。

「美鳳仔，我實在凍𣍐條啦。」我似乎在哀求她，讓我達到某一方面的目的。

「卡忍耐的，免擱真多久啦，等咱的囝仔生出來，滿月過後，汝愛怎樣，我攏會配合汝啦。」她安慰我說。

「看汝腹肚彼大粒，我也是毋甘予汝甘苦。若會生雙生，生一胎龍鳳胎，毋知有多好。」

「莫貪心啦，若會平平安安生一個健健康康的子，我就真滿足啦，而且咱攏少年，毋是七老八十，無管先生查甫，還是查某，攏是咱的心肝寶貝子。阿明仔，汝講我的想法著嘸？」

「著，人講有查甫就有查某。若會生，伊會先後來到人間。」我肯定地說。

「阿明仔，咱返金門真最冬啦，嘛趁繪少錢。阿雅是一個真捌想的小妹，伊對哥嫂的尊重、尊敬，實在予我真感動。咱著記的，有一日伊若欲結婚，咱毋通相寒酸，除了面前的金器，一定著寄一筆錢予伊做嫁妝。」

「美鳳仔，我嘛是有按呢想，父母早死，小弟小妹攏著哥嫂來牽成。錢是人趁的，有人就有錢。咱攏繪共金錢看相重，這個也是咱尪仔某的共同處。我會充分尊重汝的想法，即項事志予汝來打算、來做主。」

「講實話，時機若無變，咱的生意也會真穩定，擱趁幾年，咱就有共這間厝翻修樓仔厝的能力。到時陣，咱有子、有厝，尪某相親相愛，人世間無人比咱卡幸福的！」

「當初咱欲返金門，我的內心嘛承受真大的壓力，驚汝凍繪條，頭殼轉一轉，包袱揹起來，講一句沙喲啦啦，再會吧，金門，彼聲我就大聲啦。」

「我捌共汝講過，孫美鳳毋是彼款人，日久見人心，是我最好的解釋，剩的，講相最無路用。做予人看，才是真的。咱的一言一行，一舉一動，別人的目睭攏嘛金金看，做了著、抑是毋著，鄉里頭、鄉里尾，親情朋友、厝邊嬸姆，自然會共咱做公斷，家己臭彈，家己歐佬，攏總無效啦！」

「鄉里每一人，攏嘛看咱有通起，因為我娶返的是一個無尚款的臺灣查某，伊賢慧、勤儉擱搰力；伊對人和氣袂彎空、對鄉里大細項事志熱心、誠心來參與。俗語話講：娶到好某卡贏天公祖。這世人，會當佮汝結尪某，實在是我三生有幸。」

「先莫講有幸抑是無幸，人是無十全十美的；失誤、疏忽，做毋著的事志一定會，尚可貴的是相互尊重、包容佮寬恕，千千萬萬毋通為著一點小誤會來變臉，來打歹感情，按呢是真毋值。」

「講起來嘛有影，人若佇抓狂，有時變仔神經神經，無想後果，無管三七二十一，啥物事志攏做的出。」

「無毋著，忍一時，海闊天空。親像有時陣，汝的興頭若舉起來，無管三七二十一，強強要騎起我的腹肚頂，若是無小心，我腹肚內的嬰仔也會予汝活活壓死。凡事愛看時勢，該忍著忍，知影嘸？」

「真歹勢啦，即項事志請汝著原諒。我雖然毋是一隻豬哥，是一個正常的查甫人，久無佮汝溫存，毋是𣍐想。」

「我知啦，人的心攏尚款。我嘛是會想汝，即種事志無啥物倘見笑的，是一對健康的尪某，正常的想法。只是這段時間咱攏著忍耐，毋通滾笑，萬一無小心攔出事志，即聲就慘啦！」

「我有一個想法，等汝生嬰仔滿月後，咱應該帶嬰仔來去臺灣一趟，通予二個老的歡喜歡喜，佇伊的心肝內，可能抱孫比嫁查某子卡歡喜。」

「店內欲怎樣？」

「叫阿弟暫時來湊跤手，少年家頭腦𣍐歹，學啥物攏真緊，跤手嘛𣍐含慢。有一日等咱樓仔厝若起好，阿弟娶某後，會使佮伊參詳，咱兄弟同姒仔共同來經營，咱才有一點歇困的時間，而且囝仔也需要咱家己來照顧佮管教，毋通忙於生意，無大人通管教，予伊大漢變鱸鰻，害伊一世人。」

「汝的想法真好，而且阿弟的土水工，有時嘛𣍐穩定，兄弟若會同心協力，同姒仔若會和睦相處，免驚事業𣍐發達。有時汝著找機會佮伊講，也著尊重伊養父母的意見，毋通予伊誤會，講咱是咧利用伊。」

「會啦，時間還早，我會找機會慢慢佮伊溝通。講實在話，兄有量，抑著嫂有量。美鳳仔，有量才有福啦，著嘸？」

她含笑點點頭，也點燃我心中的慾火。然而，我只輕輕地摟住她，輕輕地吻著她，輕輕地撫摸著她圓滾滾的腹部。我必須要忍耐，要等待，用愛來冷卻燃燒著的青春慾火。等待也是一切希望的開始，當孩子降臨人間，將是我們幸福的延續，我們將把無限的希望，寄託在孩子的身上，願他踏著幸福的腳步，儘管前行，眼前崎嶇的山路，已替他鏟平；滿佈的荊棘，已為他斬除；橫流的溝渠，也已架上了便橋：孩子，衷心地盼望你平安地來到，我們將同時擁有一個幸福美滿的家庭……。

第二十九章

颱風雖然離去，卻引來強烈的西南氣流。連日風雨不斷，林木東倒西歪；雖然沒有造成人員的傷亡，但農作物的損失，老舊房舍的倒塌，卻是受災戶內心永遠的悲痛。

天災，讓我們倍感無奈。

雨，絲毫沒有停的意思。

我們早早打烊，點燃臘燭，柔和的燭光映照在我們小小的房間裡：愉悅的心境，幸福的笑容，隱藏在我們心中的是永恆不渝的深情。

孩子即將誕生，或許就在雨後陽光普照，風和日麗的時光裡。我們已做好萬全的準備：小小的衣裳，潔淨的尿布，相信美鳳也有足夠的母奶讓他吮吸，發揮為人之母的天職。

椅子上，燭光下，是一位美麗的小婦人，展現著幸福滿足的微笑。她無怨無悔地跟著我回金門，她貪圖的不是榮華富貴，而是對愛情的堅持和守著那份傳統的美德。明知這方小島嶼是一塊貧瘠的沙丘，她用愛讓它變成沃土，用愛讓種子萌芽，用愛讓幼苗成長，豐收的時節，不急於現在，而訂在未來。未來也是一個美好的希望，她的辛勤耕耘，努力灌溉，蒼天會賜予她應得的果實，絕不會讓她苦苦的等待。

窗外的風聲、雨聲依舊。我遙對的是一個美的化身，豐滿的身軀，端莊婉約的姿態。

「阿明仔，汝嘛毋通按呢，明明知影查某人大腹肚真歹看，汝偏偏直直看、金金看。看仔予我起見笑。」

「美鳳仔，汝的婧，汝的賢慧，人人歐佬。腹肚內是咱愛的結晶，我真愛看，我永遠也看膾秈。汝佇我心肝內永永遠遠、生生世世攏是一個婧查某。」

「擲有影？」

「當然。」

「生過子的查某是真緊老，到時是一枝老柴耙，毋是婧查某啦。」

「毋是老柴耙，是老婧仔老婧的婧查某」

「三八兵的喙攏嘛真甜。」

「無影啦。佇我心肝內，阮米粉嫂仔的喙，實實在在是香甜仔香甜。」

「好啦，好啦。汝若膾嫌就好，是香是甜，汝家己知啦，時間無早，咱來去睏。」

她手撫腹部站起身，我扶著她緩緩地走向床邊，幫她褪去衣裳，讓她舒適地躺著，而後一遍遍輕輕地撫著她圓滾滾的肚皮。

輕輕地一遍遍。

一遍遍輕輕地。

撫著，撫著，撫著……

然而，就在我進入夢鄉的時刻，一陣陣痛苦的呻吟聲，取代了窗外的風聲和雨聲。我趕緊坐起，揉了一下眼，美鳳已坐在床沿，雙手按住下腹。

「美鳳仔，汝怎樣啦？」

「阿──明──仔，我──腹──肚──真痛，真痛！」

「美鳳仔，可能是欲生啦，汝忍一陣，我開車送汝來去醫院。」

「外──口──風佮雨，欲──怎樣去？」

「咱有雨衫，汝免驚！」

我快速地往外衝，屋外漆黑一片，風雨依舊。除了這部老爺三輪車，可代步外，在鄉下還有什麼辦法可想的。雖然老一輩的嬸姆會用傳統的方法來接生；但美鳳曾經有過流產的記錄，萬一再有個三長兩短，我將如何來面對，至少醫院是一個最安全最可靠的地方。

我帶著她先前準備好的小包袱，為她披上雨衣，用毛毯鋪在小板凳上，讓她坐好，讓她斜靠在前頭的擋板上。車行不遠，隨即被荷槍的哨兵擋在尖銳的路障外。

「有沒有通行證？」二個荷槍的哨兵同時圍過來，其中一個操著不太標準的國語問。

「無啦，我無通行證。阮太太腹肚痛仔真厲害，欲生啦，拜託、拜託，予我過去。」我低聲下氣地向他們鞠躬，向他們行禮。

「現在是宵禁時間，上級有規定，沒有通行證，一律不能通過。」另一位說。

「恁二個有看著嘸，伊腹肚彼大，即陣痛仔湊𣍐條，囝仔隨時會生出來，無緊送醫院，有危險啦。拜託、拜託！拜託、拜託！阮是善良的百姓，毋是歹人。放阮過去、放阮過去。拜託、拜託！拜託、拜託！」我不停地鞠躬打揖，以哀求的姿勢和口吻，請他們通融，請他們放行。

「不行。沒有通行證，就是不能通過。出了事，誰負責！」他接著以強硬的語氣說。

耳際傳來美鳳一陣陣痛苦的呻吟聲，聲聲都像針一般地猛戳著我的心胸。此刻，我竟是那麼地無能，那麼地懦弱，堂堂陸軍裝甲兵中士退伍，卻受困這二位毛頭上兵。我深知軍中的若干規定，不能硬闖，尤其身處在這個自稱為反攻大陸跳板的戰地金門——晚上十點戒嚴宵禁，一切由不得你不聽不從。動不動以軍法大刑伺候，管你是死是活。

我突然想起，村公所有通行證。快速地轉頭往村公所疾駛，猛力地敲門，叫醒天天醉茫茫，號稱五加皮的副村長，苦苦的哀求，總算他的良心沒有被五加皮酒毒化，心生同情，拿出那張比他祖宗十八代、比他祖宗神主牌還管用的通行證。我拿了就走，這種狗腿子，不值得我們稱謝。

重新來到哨兵處，他們仔細地看了再看，翻了又翻，終於讓我通行。我加足油門，車輪方滾動，忍不住心中那股無名火。

「幹恁娘！恁爸做中士佇帶兵的時陣，恁攏是猴囝仔一個，今仔日竟然欺侮到恁爸的頭殼頂！幹恁祖嬤十八代！」

「阿——明——仔，」她微弱的聲音，不是有事叫我，而是要我不能生氣，不能咒罵，不能說粗話。

一關過去又一關，一站過去又一站。帶著這張戰地政務戒嚴時期的神主牌，終於抵達了醫院，我把臉色蒼白、眉頭深鎖、痛苦呻吟的美鳳交給了醫生。心中彷彿放下了一塊巨石。我坐在產房外面的一張木椅上喘息，髮上的水珠滾落在我臉頰，一滴滴流進我的心裡。濕透的衣裳，讓我的體溫下降，手腳不停顫抖著。

我的心沒有片刻地平靜。我期待著助產小姐為我報佳音，不管生男生女，同是我們愛情的結晶，我沒有不喜歡的理由……。

久久，久久。等待又期待，還是不見那扇老舊的白色大門啟開。常聽人說，女人生小孩，就像母雞生蛋那麼地快速、那麼地簡單。然而，我在這深夜的白色長廊裡，已等了好久好久，為什麼還未聽見孩子瓜熟蒂落的聲音？這是為什麼？這是為什麼？

我站起身，寒風一陣陣地吹來，滲透著我的身軀，上唇與下唇不停地顫抖著，齒與齒間相互碰撞的微響，隱約可聽。猛然，一陣急速的推門聲響起，我快步上前，護士小姐慌張的神色、讓我未知先寒。

「先生，你太太的骨盤狹窄，胎兒過於重大，造成子宮頸裂傷，引起大量出血，現在急需輸血，也要進行剖腹產。我們的血庫已沒有同型的血液可輸給她……」

「小姐，」沒待她說完，我挽起袖子搶著說：「我輸給她，我輸給她！只要她們母子平安，什麼代價我都可以付出！小姐，請幫忙、請幫忙。請多多幫忙！」

然而，我的血型是Ａ型，美鳳是Ｂ型，任我有滿腔的熱血，任我急得像熱鍋上的螞蟻，依然是死路一條。我的心已碎，我的手腳已軟。我該求助於誰？我向醫生下跪叩首，我祈求老天保佑。

醫生告訴我，除了母體大量出血，剖腹時，嬰兒臉部已呈黑褐色，已沒有心跳，已沒有體溫。而且母體實在失血太多，不是幾百ＣＣ的血液可以挽救她的生命，他們已盡力了……

老天卻默默無語地落著雨，彷彿是在哭泣。

我走向雨中；

跪在雨中，

不能接受這個殘酷的事實！

我無顏面對胎死腹中的孩子，
更無顏面對因子而命喪的美鳳……

第三十章

醒來時，我躺在一張白色的床上。床頭高懸著一瓶點滴，小管子尾端的針頭直通我的血管。坐在床邊的是淚流滿臉的阿弟，吵雜的人聲是村裡的左鄰右舍、親堂嬸姆。我的意識清醒，是什麼事端讓我的身心支撐不住而躺在這裡。多少輕聲細語的安慰，千萬句保重身體的叮嚀，我閉上眼睛不是為了休息和逃避，而是要讓悲傷的淚水流乾，任誰也無法接受這個殘酷的事實，尤其是對一位無父無母的孤兒來說，更如地坼天崩般，想置我於死地。

我愧對孫伯父、孫伯母，他們把一位乖巧、善良、標緻的女兒交給我。如今，在他們面前的將是一具冰冷的女兒屍體，以及黑褐色的孫兒屍身。當他們來到金門，由我們攙扶他攀登太武山，遙望故國河山的美夢將成空。殘酷的事實總是要面對，總是無法逃避，因為我們是人，不能沒有良知，只能面對蒼天加諸我們的一切苦難，其他，別無選擇。如果能與妻兒一起離去，是我此時求取解脫的最佳方式。然而，美鳳能同意嗎？孩子是否會點頭？我心如刀割，如針猛戳，所有的思索，都是空洞而不實際的表徵，最好的答案或許就是一滴一滴滾下的淚水。

村人同意我把美鳳和孩子的靈身運回店裡，因為它在村郊，依習俗亡魂是不能入村的，一旦我們不顧世俗，擅自入村，必將遭受村人的排斥。我以悲痛的心情，詳細的電文向孫伯伯、孫伯母稟告事實的原委，除了祈求他們的諒解，並請他倆同意，先讓他們母子入土為安，該負的責任，我絕不推諉。覆電很快來到：

志明賢婿：

得知美鳳母子遭遇不幸，悲慟萬分。此乃天意，凡人難抗拒，吾婿勿過於悲傷自責。因時間倉促，不克來金，後事由婿定奪，保重身體為要。

岳父母 上

他們以寬容取代指責，以天意做為慰藉，讓我依然沐浴在父愛與慈愛雙重的春暉裡。我上無高堂，下無牽絆，不惜化費多少，好讓她們母子風風光光地上山頭，這也是我唯一的心願，別無選擇的心願。唯一能做的一件事，能了卻我心願的一件事，往後我還能做什麼？還能為她們母子做什麼？或許只有我悲傷的淚雙……。

阿雅堅決要回來。然而，出入境尚未辦妥，船期遙遙不定，再怎麼趕，再怎麼心急如焚，情同姊妹的姑嫂，終究是無緣再見最後一面；屍骨已寒的孩子，也不能叫她一聲姑姑了，這是否就是悲歡離合的人生歲月？為什麼我嚐到的是悲比歡多，合比離少？為什麼我承受的苦難總比別人多一點？如果蒼天是公平的，為什麼不在她們母子間擇一，伴我過完悲慘的一生……

往常，我們叫剛出世就亡故的嬰兒為「死囝仔」，用幾塊木板釘成箱，在荒郊野地挖個坑，就神不知鬼不覺地把他埋下。然而，我的孩子是我與美鳳愛的結晶，是我們的心肝寶貝；他不是死囝仔，原本是我的希望，如今雖已絕望，但我再三地懇求親堂伯叔嬸姆們，把她們母子合葬在一個棺木裡，好讓美鳳就近來照顧來撫養，讓他們在陰間地府裡，同享家的溫馨和歡樂。他們勉為其難地接受我的懇求，這也是他們在人間活了七八十年碰到的頭一遭。嬸姆為她們母子淨身換衣，塞進金銀紙錢，四支長釘牢牢地釘住棺木的四角，裡面是她們母子安詳地長眠著，外面徒留我獨自落淚又悲傷……

我為她們母子修了墓園，立下：

孫美鳳母子之墓

的碑石。而我是否有留在這個家的勇氣，是否能繼續把這方事業發揚光大？然而，我已不能——

我的手已握不住那支小小的鍋鏟。

我的腳已踩不住三輪車的剎車板。

我的靈魂已隨著她們母子在野地裡神遊。

失去了美鳳猶如失去了一切。

失去了孩子猶如失去了希望。

事業、財富在我內心已是一個空洞的名詞，在我未來的人生歲月裡，已沒有了一切，也沒有了希望，我還冀求什麼，留戀什麼……

我告訴阿弟，我到山林野地走走。

我為即將歸鄉的阿雅留下一封信——

阿雅：

當妳踏上浯鄉的土地返抵家門，迎妳的是嫂嫂的遺像、為兄的祝福。

我們生在一個悲傷的年代，不幸的家庭，雖然戰勝了自己，卻輸給了命運；蒼天對待子民有雙重的標準。不幸的事故接二連三地降臨在我們這個原本就不幸的家庭。為兄只是世俗裡的一個凡人，心中有怨亦有恨。怨天地之不公，恨命運之乖謬。因而，我選擇以大地為家，讓歲月自然地腐蝕我的身軀，化為塵土。

為兄不才立下的一點小基業，就交由阿弟來經營，供桌上的列祖列宗一併由他奉祀。

衣櫥下方的小抽屜裡所有的首飾，以及一張銀行存款單，是妳嫂嫂生前為妳準備的嫁妝，務必收下，願姑嫂的情誼長存在妳心中。

對岳家，為兄深感虧欠甚多，家中尚有餘款存在郵局，存摺及印章鎖在櫃檯的抽屜裡，號碼是三六五七，請吾妹代勞，提領半數寄給岳家，做為二老的養老金，餘款由吾妹與阿弟逕行處理。

為兄心力已瘁，不克多言。願兄妹之情常在記憶中浮動，天涯海角總有見面時……

兄
志明 手書

做完她們母子的頭七，我帶著武人哥送我的笛子，美鳳的遺照，提著簡單的行囊，在日薄西山的時刻，從後門抄小路，離開這個曾經讓我幸福，也讓我悲傷的地方。

我漫無目的地走著。

走向荒郊野地。
走向窮鄉僻壤。
走向茫茫的人海……

尾聲

笛聲再次響起，依然是我無法詮釋的曲調，只感到一股無名的悲傷在心頭。在黯淡的燈光下，我看見他眼裡閃爍著淚光。我的頰上亦有涼涼的水珠在蠕動，伸手抹去，熱的又滾下來；是否感染了他故事中的淒涼況味，還是窗外飄來的雨絲讓我心寒。

笛音驟然停下，他掩臉嚎啕。在這漆黑的雨夜裡，在這荒郊野地，我彷彿進入了一個虛幻而恐怖的夢境裡，讓我毛骨悚然，不知所措。

「朋友，你的故事已深深地感動著我。倘若我的腦未昏，手未抖，我將以文字來傳承，為我們苦難的時代，為這個不幸的家庭寫下一個可歌可泣的篇章。」

「相信你能。」他肯定地說。

「或許我能。」我不敢肯定地答。

我起身告別，窗外的風聲雨聲依舊，不知此刻是何時。

我站在門外環顧四周，隱約地看到一個美麗的倩影，從遠方飄來，很快地就消失在這方破舊的屋宇裡。幽揚的笛聲，柔和的音韻，已取代來時的悲傷和蒼涼。

我佇立在雨中，揮起沈重的手，默默地唸著：

朋友
天色已晚，夜深沉
離別總有再見時
當悲傷的淚水流乾
小路盡頭光明已在望
你吹笛　我歌唱
祝福二字同寫在我們的心上……

（全文完）

原載二〇〇〇年十月十八日至十二月六日《浯江副刊》

國家圖書館出版品預行編目

陳長慶作品集. 小說卷 / 陳長慶作. -- 一版.
臺北市 : 秀威資訊科技, 2006[民 95]
冊 ; 公分. -- 參考書目：面
ISBN 978-986-7080-12-7(第 3 冊 : 平裝).

857.63 95001362

語言文學類 PG0082

【陳長慶作品集】—小說卷・三

作　　者 / 陳長慶
發 行 人 / 宋政坤
執行編輯 / 李坤城
圖文排版 / 張慧雯
封面設計 / 郭雅雯
數位轉譯 / 徐真玉　沈裕閔
圖書銷售 / 林怡君
網路服務 / 徐國晉
出版印製 / 秀威資訊科技股份有限公司
台北市內湖區瑞光路 583 巷 25 號 1 樓
電話：02-2657-9211　　傳真：02-2657-9106
E-mail：service@showwe.com.tw
經 銷 商 / 紅螞蟻圖書有限公司
台北市內湖區舊宗路二段 121 巷 28、32 號 4 樓
電話：02-2795-3656　　傳真：02-2795-4100
http://www.e-redant.com

2006 年 7 月 BOD 再刷
定價：280 元

讀　者　回　函　卡

感謝您購買本書，為提升服務品質，煩請填寫以下問卷，收到您的寶貴意見後，我們會仔細收藏記錄並回贈紀念品，謝謝！

1.您購買的書名：________________________

2.您從何得知本書的消息？

☐網路書店　☐部落格　☐資料庫搜尋　☐書訊　☐電子報　☐書店
☐平面媒體　☐ 朋友推薦　☐網站推薦　☐其他__________

3.您對本書的評價：(請填代號　1.非常滿意 2.滿意 3.尚可 4.再改進)

封面設計____　版面編排____　內容____　文/譯筆____　價格____

4.讀完書後您覺得：

☐很有收獲　☐有收獲　☐收獲不多　☐沒收獲

5.您會推薦本書給朋友嗎？

☐會　☐不會，為什麼？______________________________

6.其他寶貴的意見：______________________________

____

____

____

讀者基本資料

姓名：________________　年齡：_____　性別：☐女 ☐男

聯絡電話：______________　E-mail：________________

地址：____

學歷：☐高中(含)以下　☐高中　☐專科學校　☐大學
☐研究所(含)以上　☐其他_____________

職業：☐製造業 ☐金融業 ☐資訊業 ☐軍警 ☐傳播業 ☐自由業
☐服務業 ☐公務員 ☐教職　☐學生 ☐其他_________

請貼
郵票

To：114

台北市內湖區瑞光路 583 巷 25 號 1 樓

秀威資訊科技股份有限公司　　　收

寄件人姓名：

寄件人地址：□□□

(請沿線對摺寄回,謝謝!)